Die Ausgewanderten

移民

[德] 温弗里德·塞巴尔德 著 | 刁承俊 译

W.G. Sebald

GUANGXI NORMAL UNIVERSITY PRESS
广西师范大学出版社
·桂林·

出 品 人：刘春荣
责任编辑：陈美玲
助理编辑：任建辉
装帧设计：山川 at 山川制本

著作权合同登记号桂图登字：20-2017-221 号

图书在版编目（CIP）数据

移民 /（德）温弗里德·塞巴尔德著；刁承俊译. —
桂林：广西师范大学出版社，2020.3（2022.2 重印）
ISBN 978-7-5598-2574-2

Ⅰ. ①奥… Ⅱ. ①温…②刁… Ⅲ. ①中篇小说－小说集－德国－现代②短篇小说－小说集－德国－现代 Ⅳ. ①I516.45

中国版本图书馆 CIP 数据核字（2020）第 005408 号

广西师范大学出版社出版发行
（广西桂林市五里店路 9 号　邮政编码：541004
网址：http://www.bbtpress.com）
出版人：黄轩庄
全国新华书店经销
北京盛通印刷股份有限公司印刷
（北京经济技术开发区经海三路 18 号　邮政编码：100176）
开本：787 mm × 1 092 mm　1/32
印张：8.75　　字数：140 千字
2020 年 3 月第 1 版　　2022 年 2 月第 4 次印刷
定价：56.00 元

目　录

亨利·塞尔温大夫

往事岂能如烟

一九七〇年九月底，在我于东英吉利城市诺里奇任职前不久，我同克拉拉一道出城去欣厄姆寻找住所。这条乡村公路穿越旷野，沿灌木丛往前延伸，从枝叶繁茂的橡树下穿过，途经一些星散的居民点，在二十五英里之后，欣厄姆参差不齐的山墙、教堂尖塔和树梢才在平原上依稀可见。大型集市广场被众多寂然无声的房屋门面包围，冷冷清清，但我们并没花多少工夫，就找到了中介机构给我们提供的楼房。这是当地最大几栋楼房当中的一栋，离耸立在绿草如茵、四周环绕有苏格兰五针松和紫杉的公墓的教堂不远，在一条安静的街道，以一道一人高的围墙和由接骨木同卢西塔尼亚月桂树交错相缠的灌木丛作掩。我们走进大门宽敞的入口，轻松地沿着稍微倾斜的路往下，行经铺着小砾石的楼前广场。在右边，马厩和车库的后面，一棵山毛榉高高挺立，直插明净的秋日蓝天。树上有一些乌鸦窝。现在刚过中午，这些鸟巢孤零零吊在树上，在只是偶尔才会晃动一下的树叶遮盖之下，便成了阴暗的角落。野葡萄藤爬满这栋正面很宽的古典复兴式楼房的立面墙壁，大门漆成黑色。我们多次拨弄门环——一条黄铜制的弧形鱼，然而屋内没有丝毫动静。我们往后退了一步。那些分成十二格的框格窗户闪闪发亮，恍若由镜子玻璃做成。这可不像是有人居住。这使我想起下夏朗德省[1]的城堡，我曾经从昂古莱姆[2]出发到那里参观过。有两个疯疯癫癫的兄弟，一个是议员，另一个是建筑师，花了几十年工夫来计划和设计，建造起凡尔赛宫的正面。那当然是一道毫无意义的景观，但从远处看却又令人难以忘怀，它的窗户就像现在我们面前这栋楼房的窗户一样，既闪闪发亮，又模

1　法国西部省份，1941 年后改名为滨海夏朗德省。

2　法国西南部夏朗德省省会。公元 9 世纪起为昂古莱姆伯爵住地。

模糊糊。如果我们没有匆匆交换一下眼色，相互鼓励，至少要把这座花园观察一遍的话，我们肯定就会一无所获地继续往前走了。我们小心翼翼地围着这栋楼房转。在北边，墙砖已变成绿色，有花斑的常春藤爬满部分围墙。一条长满青苔的道路从仆人入口处和堆放木柴的库房旁经过，穿过一些十分阴暗的地方，最后犹如通向一座舞台一般，通向一个有石制栏杆的大阳台。大阳台下面，是一大片被花坛、灌木丛和绿树环绕的正方形草地。草地对面，放眼西望，景色宜人，是一座公园。公园里有一些挺拔的椴树、榆树和四季常青的橡树。在那后面，便是连绵起伏的耕地，是地平线上白云缭绕的山脉。我们长时间默默地上下观赏这片伸向远方的景色，都以为只有我们待在这儿，直到看见一个一动不动的身影躺在花园西南角一棵挺拔的雪松投在草地的树荫里。是一位老人，他把头靠在弯曲的胳膊上，好像完全沉浸在眼前这片土地的景象中。我们穿过这片使我们每一步都变得异常轻松愉快的草坪向他走去。然而只是在离他很近时，他才注意到我们，并不无几分尴尬地站起身来。他虽然个头儿长得很大，肩膀很宽，却显得敦实，甚至矮小。之所以会有这种印象，也许是因为他低着头，从金丝老花眼镜上方看人的方式，看来这成了他的习惯，造成了一种屈着身、几乎是祈求的姿势。他把白发往后梳，可是仍有几绺一再落到高高凸起的额头上。我正在数草的叶子。他为自己的心不在焉表示歉意。那是我的一种娱乐。恐怕有些令人不快吧。[1]他把其中一绺白发往后掠，动作笨拙又完美，然后用一种似乎早已不再使用的客套方式，给我们作自我介绍，说他是亨利·塞尔温大夫。我们肯定是为住所而来的。他继续说道。他只能说，住所尚未租出去，但我们不管怎样都得耐心等待，等到塞尔温夫人回来，因为她是这栋房子的主人，而他只不过是这座园林的住户，一种观赏隐士[2]罢了。在这番开场白之后，我们一边交谈，一边沿着把花园同公园空地隔离开来的铁栅栏往前走。我们停了一会儿。在一小片桤木丛附近，有三四步履沉重的白马打着响鼻小跑着，带起一块块草皮。它们满怀期望地在我们身边排好队。塞尔温大夫从裤兜里掏出饲料来喂它们，用手抚摸它们的鼻孔。他说，它们靠我的施舍过活。我去年花几个英镑从马匹拍卖会上把它们买了下来，要不然，它们肯定会被人从拍卖会牵进屠宰场。它们分别叫赫谢尔、汉弗莱和希波路图斯。关于它们的过去我一无所知，不过在我把它们买到手时，它们看起来很糟糕。毛上长满壁虱，两眼无光，马蹄由

1 本篇仿宋部分，原文为英语。

2 指18世纪随着浪漫主义运动兴起，英国上层阶级雇用来装点花园的隐士。

于在潮湿的地里站得太久，已完全皲裂。这段时期里——塞尔温大夫说——它们的光景有所好转，也许还能再活几年。然后，他便同这些明显对他极有好感的马匹告别，同我们一道朝花园更为偏僻的部分漫步而去，时走时停，话语枝枝节节地蔓开。一条小路穿过草地南边的灌木丛，通向两旁种着欧洲榛子的林荫道。树枝在我们的头顶织成冠盖，灰色的松鼠们在其间嬉闹。地上密密麻麻布满裂开的核桃壳，几缕阳光透过簌簌作响的枯叶洒落，被几百株秋水仙花承接。欧洲榛子大道尽头是个网球场，四周有一道刷白的砖墙。塞尔温大夫说，网球曾是我的挚爱，但现在球场已失修破败，就像这附近其他许多地方。不只是这个菜园——他用手指着已倒了一半的维多利亚

时代的玻璃暖房和已经压得变形的棚架，继续往下说，不只是这个菜园在荒废多年之后会毁掉，他越来越多地感受到，就连这无人照管的自然风光也在呻吟，在我们强加给它的重担下衰落。这座园子曾经养活一个人口众多的家庭，全年都有由精湛技术培育出来的水果和蔬菜从园子端上餐桌，尽管荒废得厉害，如今它还能生产这么多果蔬，远远超过这个家庭无疑正越来越缩减的需要。任这座昔日打理得很好的园子荒芜也有不经意的好处，塞尔温大夫说，无论是原本长的，还是他在这儿那儿随意播种或栽植的，都有着不同寻常的精致风味。我们从一个疯长着一丛丛齐肩高的芦笋的园地和一排高大的洋蓟亚灌木之间穿过，走向一小片挂着无数红黄色果实的苹果树。塞尔温大夫把一打妙不可言的苹果——它们确实在口感方面超过我迄今尝过的所有苹果——放到大黄茎蔬菜叶上，作为礼物送给克拉拉，而且说明，这个品种的名称和它本身很吻合，叫“巴思美人”[1]。

在同塞尔温大夫初次见面两天后，我们就搬进了普赖尔路的住所。在搬进去的前一晚，塞尔温夫人带我们看位于建筑物东翼二楼的房间，房间配有一套怪异的家具，不过倒是漂亮又宽大。我们立即被能够在这里度过几个月的前景所攫住，因为从高高的窗户可以眺望花园、公园和天上的云带，这一点能远远超过对昏暗的室内的补偿。一个人只要往外瞧，他身后那个就其丑陋而言，得用“早期德国”这个词才相称的巨大餐具柜就仿佛不复存在，厨房的豌豆色油漆也奇迹般地消失殆尽，或许并非完全没有危险的青绿色煤气冰箱也飘然而去。正如很快就得到证实的，海迪·塞尔温是一位出生于瑞士比尔、在商场上极为精明能干的工厂主千金。她允许我们按照自己的想法对住所稍作改变。在我们把那间位于一栋架在铸铁柱上的独立边房、只有走过一条小路才能到达的浴室涂成白色之后，她甚至走上来，仔细察看这件完美无缺的作品。她眼里的这幅异乎寻常的景象使她作出一个让人难以理解的评论，说这间浴室过去总是使她

1 巴思为英国小镇，以温泉著名。

想到一个旧暖房，现在则使她想到新刷上油漆的鸽舍。这个对我们的生活方式作出全盘否定的判决的评语，至今仍印在我脑海里，而我却仍然无法改变它。不过这跟现在这件事毫不相干。过去，我们要么走过一道现在同样刷成白色、把庭院同浴室小路连起来的铁楼梯，要么在花圃里穿过一扇双面后门，走过一条很宽的走廊——在走廊的墙上、挨着天花板的地方安着一套用来拉响各种铃声召唤仆人的复杂设备——进入我们的住处。我们从过道往黑乎乎的厨房里面瞧。在厨房里，每时每刻都有一个无法确定其年龄的女人在洗涤槽边埋头干活。她就叫艾琳。她按照疯人院病人的式样，把头发剪短，一直剪到颈脖处。她的脸部表情和动作显现出神经错乱的症状，嘴唇总是湿漉漉，而且总穿着一件拖到踝骨的连衣裙。艾琳每天都在厨房做什么，无论是我还是克拉拉都不清楚，因为除了后面会谈到的一次绝无仅有的例外，据我们所知，她从来就没有在这个厨房里做过一餐饭。在走廊另一边的墙上装有一道门，离石头地面大约三十厘米高。我们穿过这道门，进入一个黑黝黝的楼梯间。从这里开始，每层楼在双面墙壁后面都有一些秘密通道。建造这些通道的目的，就是让那些提着煤桶、柴篮，拿着擦拭用品、床上用品和茶盘不断跑来跑去的仆人不要老在路上遇到主人。我常常试图设想，这些主人的内心世界会是什么样。他们知道在他们居住的这些房间墙壁后面的某个地方,总有仆人的影子一闪而过。我想,他们很可能是害怕这些幽灵般的造物,他们为了得到少得可怜的一点钱,一刻不停地去完成每天堆积如山的工作。我们本来很漂亮的房间,通常要穿过后面的楼梯间才能去到。而那道通往艾琳卧室、总是关着的房门就在楼梯间下面,这一点也使我们感到不愉快。只是有一次,我才得以往那间卧室里瞥上一眼。不计其数的玩具娃娃,经过精心打扮,大多都戴着帽子和围巾,在屋里或坐或立,或躺在艾琳睡觉的床上——如果她曾经睡过觉的话,而不只是整夜轻声哼着歌曲摆弄她的那些娃娃。在星期日和节日里,我们有时看见艾琳身穿救世军的军服离开家。多数情况下会有一个小女孩来接,然后这个女孩便充满信心地在她旁边走着,帮她的忙。过了一段时间,我们才算对艾琳有些习惯。主要是她会间歇性地在厨房里发出莫名的怪笑,笑声一直传到二楼,开初这种笑声确实叫人难受死了。再加上除了我们之外,艾琳是这栋大楼房唯一的常住居民。塞尔温夫人每周都要旅行,要不然就在城里和周围地区跑来跑去,忙于管理她租出去的多套住宅。只要天气好,塞尔温大夫就待在野外,好多时候甚至待在花园偏僻一角一栋用燧石砌成的隐居处——他称之为“摆设”,只在里面配备了一些必需品。但在我们搬进来几周后的一天早上，当然是绝无仅有的一次，我看到他站在房子西边一个房间敞开的窗前。他戴着眼镜，穿一套方格纹苏格兰大衣式晨服，围一条白色印花薄软绸围巾，正用一支枪管很长的双筒枪对着蔚蓝色的天空。当他终于开枪之后，我觉得好像过了好久好久，枪响才带着碎裂声落下花园。塞尔温大夫后来向我解释，他是想知道，这支他年轻时买来参加狩猎旅行的猎枪在更衣室里闲置几十年之后，是否还能使用。他还记得，这支枪好像只清理检修过一两次。他跟我讲，这是他在

前往印度担任他作为外科医生的第一个职位时买的。当时，这样一支枪是他那类人必不可少的装备。可是他只拿它打过一次猎，甚至在那种场合都错过了首次使用步枪的机会。现在他想知道这猎枪是否还能使用，光凭它的后坐力是否就能要一个人的命。

我已经说过，很难在家里找到塞尔温大夫。他住在自己的隐士居所里，将全部注意力，就像他有时告诉我的，投入一方面日益模糊，另一方面又越来越专注和清晰的想法中。当我们在家的时候，他只接待过一次客人。我想，那是春天，大约在四月底，当时海迪正好在瑞士，塞尔温大夫有天早晨走上楼来告知我们，说他邀请了一位多年来的密友共进晚餐，如果我们方便出席，能够把两人相对扩大为一个小聚会，他会感到十分高兴。我们在八点左右下楼，来到放着几张四人位长沙发和几把笨重圈椅的客厅。大壁炉里正烧着火，炉火驱散傍晚时令人不适的凉意。墙上挂着几面高高的、有些地方已经模糊的镜子，通过镜面的映照，闪烁的炉火数量翻了几番，显现出几幅炉火飘忽不定的画面。塞尔温大夫穿一件镶着皮革袖肘补丁的粗呢西装上衣，打着领带。他的朋友爱德华·埃利斯——他把这位朋友介绍给我们，说是一位著名的植物学家和昆虫学家——则相反，身材十分瘦削，在塞尔温大夫始终稍微向前弯下身子时，总是把腰挺得笔直。他也穿一件粗呢西装上衣，脖子长满皱纹，能够犹如连接两节车厢的橡胶皱褶般伸缩，像某些家禽或者乌龟的脖子一样瘦，衬衣领在四周便显得太宽大。他的头很小，不管怎样看，都像史前时代或者已经萎缩的头，可双眼却目光炯炯，闪耀着一种生气勃勃，甚至是令人惊异的活力。我们首先聊起我的工作、我们最近几年的计划，以及像我这种在山里长大的人对英国，特别是一马平川的诺福克郡的印象。暮色降临。塞尔温大夫站起来，郑重其事地走在我们前面，进入紧挨着客厅的餐室。在可以轻松容纳三十个人就餐的橡木长餐桌上，立着两个银烛台。塞尔温大夫和爱德华的餐具分别摆在桌子的上首和下首，克拉拉和我的则摆在面向窗外的一侧。现在屋内几乎已经是黑黢黢的了，连外面的绿色也开始变得稠密，笼上深蓝色的阴影。可是在地平线上还有西沉的余晖，还有云朵如群山屹立，雪白色的队形在天色暗沉中，使我想起阿尔卑斯山脉的那些最高峰。艾琳推着一辆保温车进来，这是一种三十年代专利设计的餐饮车。她穿着她那件灰色连衣裙，默默地做着自己的工作，至多是含混不清地喃喃自语两句。她点燃蜡烛，摆上碗，然后便像进来时那样，一声不吭地又走出去。我们在给自己盛菜时，必须相互传送放在长餐桌四周的碗。餐前小吃是几片用腌过的嫩菠菜叶盖着的绿色芦笋。主菜有拌了黄油的绿花菜芽和在胡椒薄荷水里煮过的新鲜土豆。塞尔温大夫说明，这种在旧温室的沙质土地里生长的土豆，在四月底已经像核桃那么大。最后，我们吃撒上原糖、调进奶油的糖水大黄茎。几乎所有食材都取自这个业已荒芜的花园。在宣告宴会结束前，爱德华把话题转向瑞士，很可能是他认为塞尔温大夫和我有这么一个共同话题。塞尔温大夫确实在稍为犹豫之后，就开始讲起他第一次世界大战前不久在伯尔尼度过的那段时光。他这样开头：一九一三年夏天，他二十一岁，在剑桥学完大学的医学基础课程后，立即前往伯尔尼，打算在那里继续深造。他预先给自己安排好的计划没有实现，却因为大多数时间都待在伯尔尼高地，越来越沉湎于登山运动。特别是他每周都要在迈林根和上阿尔待上一天。在那里他结识了一位登山向导，名叫约翰内斯·纳埃格利，当时五十六岁，他从一开始就对这位向导很有好感，上哪儿都同纳埃格利待在一起，从青根山岭、绍伊希采尔峰和玫瑰峰，到劳特阿尔峰、恐怖峰和千年雪峰。同这个人做伴时的那种愉快，在他一生中，此前从未有过，后来也未再有。战争爆发时，我回到英国，被征召入伍，塞尔温大夫说，我现在回首往事时才完全明白，没有任何事像与约翰内斯·纳埃格利离别那样，使我感到如此痛苦。就连同海迪离别——圣诞节前后我在伯尔尼与她相识，后来在战后同她结婚——给我带来的痛苦，都不能与之相提并论。我还看见他一直站在迈林根火车站挥手告别。也许这只不过是我的想象罢了，塞尔温大夫稍微放低了声音自言自语道，因为这些年我感到海迪越来越陌生。而每当纳埃格利出现在我的脑海里时，他就显得更为亲切，尽管自从那次在迈林根分手后，我实际上再也没有见过他。因为在战时动员之后不久，纳埃格利就在从上阿尔小屋前往上阿尔的途中遇难，从此下落不明。人们都认为他跌进了阿尔冰川的裂缝中。我是在身

穿军服入营后收到的最早一批信件中知道这个消息的。这使我心情极为沮丧，几乎让我退役。那时我感到自己就像被埋到了冰雪下面。

不过，塞尔温大夫停了好一会儿说，这都是旧事了。我们本来是想，他转身对爱德华说，给我们的朋友看看我们上次去克里特岛旅游时拍的那些照片。我们回到客厅。柴火在黑暗中闪烁。塞尔温大夫去拉一根安在壁炉架右面的铃的拉线。艾琳仿佛就在外面的过道上等待信号似的，立刻推着一辆上面放着幻灯机的小推车进来。壁炉架上的镀金大钟和迈森瓷器人物——一对牧羊人和一个身穿彩衣、翻着白眼的黑人——被移到一边。艾琳还把绷在木框架上的银幕带了进来，放到镜子前。幻灯机轻微的咔嗒声响起，平时看不见的室内灰尘在光锥中发亮、起舞，作为照片出现的序曲。旅行是在春天进行。海岛风光就像被一片淡绿色的雾纱笼着，展现在我们眼前。带着双筒望远镜、背着植物标本采集箱的爱德华，或身穿齐膝运动短裤、身背挎包、夹着捕蝶网的塞尔温大夫出现过一两次。有一张就连细节都像几天前我从一本瑞士杂志上剪下的纳博科夫在格施塔德[1]的山上的留影。真奇怪，在这些他们拿给我们看的十年前的照片上，

1 位于瑞士境内，著名的滑雪胜地。

无论爱德华还是塞尔温大夫，都显得很年轻，尽管他们那时已经是六十多岁的高龄。我感觉到，他俩从过去返回现在时，不会没有某种感触。但看上去这只是我的想象，因为无论爱德华还是塞尔温大夫，他们对其他众多展示岛上春天植物和各种爬行动物、禽类动物的照片津津乐道，对这些照片却不想或者不能说点什么，所以当这些画面在银幕上轻轻颤动时，屋里几乎鸦雀无声。这些照片中的最后一张，是从山口北面最高处往下拍摄的拉西锡高原[1]。它很可能是在中午拍的，因为太阳的光耀正对着我们的视线。在南面，两千多米高的斯帕西山耸立在高原上，就像出现在光潮之上的海市蜃楼。在广阔的谷底，土豆和蔬菜地遍布，小果树林、其他小树林和未耕种的土地，覆盖着层层叠叠的绿，数百风力水泵风车的白色风叶点缀其间。我们也在这幅画面前默默坐了好久。坐得那么久，以至于最后小匣子里的透镜都已破碎，在银幕上划了一道黑色裂纹。拉西锡高原这一定格得如此长久、一直持续到透镜破碎的景象，当时就让我铭记在心。尽管如此，过了一段时间后，我还是几乎把它给忘了。直到几年之后，我才又想起来。那时，我在伦敦的一家电影院看到卡斯帕尔·豪瑟尔[2]同他的老师道默尔在道默尔家菜园进行的那次梦幻对话。那时，卡斯帕尔为了讨好他的良师益友，在讲述自己的故事时，用后面这番话作为开场白，第一次在梦幻与现实之间作出区分：是啊，我做过梦。我梦到高加索山。然后，摄影机由右往左，沿着一道很宽的弧线移动，给我们展现被群山环绕、

1　位于希腊的克里特岛。

2　卡斯帕尔·豪瑟尔（1812—1833），德国少年，其身世曾成为19世纪最著名的神秘传说之一。有人认为，他是巴登大公爵查理·路易的长子，后被遗弃。到16岁时，智力仍如3岁小孩，生活不能自理。他的境况为世人瞩目，成为戏剧、小说、诗歌的题材。

看起来很有印度风味的高原全景。在高原的绿色灌木丛和森林之间，耸立着一些圆顶寺院式塔楼，或者有罕见的四层楼房立面的神庙。这些荒唐建筑在使画面叠化的脉动的灯光中，总会使我重新想起我在现实中从未看过的拉西锡那些风力水泵风车的风叶来。

一九七一年五月中旬，我们搬出普赖尔路，因为克拉拉有一天下午毫不犹豫地买下了一座房子。刚开始时我们会怀念那广阔的视野，但取而代之的是，如今在我们窗前，离我们家不到十五米距离，有两棵柳树，即便在没有一丝微风的日子，青灰色的柳叶都摇曳不停，给人一种亲近感，以至于好几次往外看时，我们都以为自己是树叶的一部分。塞尔温大夫差不多每隔一定时间，就来这栋几乎还是空荡荡的房子里看望我们，从他的菜园给我们带来蔬菜和药草——黄色和蓝色的菜豆，经细心照料长大的土豆、甘薯、洋蓟、香葱、鼠尾草、峨参和莳萝。有一次来访时，克拉拉进城去了，我们——塞尔温大夫和我——聊得比较久。这次聊天从塞尔温大夫问我是否从来就没有乡愁开始。对此，我没什么好回答的。塞尔温大夫则相反，沉思片刻之后即向我忏悔——换个说法就不符合事实了——最近几年，他感到自己越来越怀念故乡。我问他到底要迁回何处，他说他七岁时就跟随全家离开格罗德诺附近的立陶宛乡村，开始流亡。那是在一八九九年深秋，当时他们——父母亲、姊妹吉塔和拉雅、叔叔沙尼·费尔德亨德勒——坐着马车夫阿龙·瓦尔德的小车去格罗德诺。那次大批人离去的种种情景从他记忆中已经消失了几十年，不过最近——他说——它们又回来了。他说，我看见犹太儿童宗教学校——我已在那里上了两年学——的那个幼儿教师把手放到我头上。我看见那些空荡荡的房间。我看见自己坐在小车顶上，看见马的臀部、辽阔的褐色田野、农庄烂泥地里伸长脖子的鹅，看见格罗德诺火车站候车大厅以及被栅栏围起来、烧得过热的独立式火炉，那些流亡的家庭便在它四周躺着。我看见火车车窗前上下起伏的电报线，看见里加一排排房屋的正面，看见那艘停在港口的船和甲板上的那个阴暗角落，在拥挤不堪的情况下，我们竭力让自己像在家里一样。大海、轮船后面拖着的那道烟、灰蒙蒙的远方、轮船在公海上的上下起伏、我们心里感到的恐惧和怀着的希望，所有这一切——塞尔温大夫对我说——现在我又记得了，仿佛是昨天才发生的事。过了大约一个星期，我们比预计的要早得多到达目的地。我们驶进一个开阔的河口。到处都是大大小小的货船。河的彼岸是平原。所有的流亡者都聚集在甲板上，等待从飘浮的云雾中出现自由女神的塑像，因为他们所有人都订购了一张前往——就像我们所称呼的——

Americum（美国）的海轮船票。我们毫不怀疑当我们上岸，我们就踏上了新大陆，踏上了纽约这座应许之城的地界。但实际上这艘船早已重新起航——正如之后得到证实的，这令我们沮丧又惶乱——我们是在伦敦上的岸。多数流亡者只好顺应环境，可也有一些人全然不顾所有与此相反的证据，长时间坚信自己是在美国。所以，我就是在伦敦长大，在怀特查珀尔的古尔斯顿街的一个地下室。我父亲是透镜打磨工，他用带来的现金，入股一个名叫托西阿·法格利斯的格罗德诺同乡的眼镜店。我在怀特查珀尔上小学，像做梦一样学会了英语，因为我出于纯粹的喜爱，照着年轻美丽的女教师莉萨·欧文的嘴唇念每一个单词。回家路上想着她，我会不断重复这一天从她那儿听到的一切。塞尔温大夫说，这位美丽的女教师也是给我报名参加泰勒商业学校入学考试的老师。她似乎理所当然地认为我会获得一份名额很少、每年都给予贫寒学生的奖学金。我没有让她对我的寄望落空；就像我叔叔沙尼经常注意到的，怀特查珀尔的两居室住所厨房里的灯光从未熄灭，我坐在那里直到深夜，而这时两个姐妹和父母亲早已上床睡觉。我学习和阅读放到面前的所有书本，越来越轻松地克服那些巨大障碍。到求学时代结束时，当我毕业考试在全年级名列前茅，我感觉自己就像已经走完了一段异乎寻常的路。我的自信心达到顶点，像举行第二次坚信礼，我将名字由赫尔施改为亨利，姓由塞维利恩改为塞尔温。后来，就在我开始攻读医学时——我再一次靠奖学金完成在剑桥的大学学业——我感到奇怪的是，尽管我的考试成绩在剑桥仍然属于前列，但我的学习能力好像明显衰退了。至于后来的情况，您已经知道了，塞尔温大夫说。接下来是，在瑞士那一年、战争、在印度服兵役的第一年、同海迪结婚——我有好久都未向她吐露自己的身世。在二三十年代，我们生活阔绰，您已经看到它留下的痕迹。海迪的大部分财产都是这样花光的。我虽然在城里有个诊所，在医院当外科医生，但仅靠我的收入是无法维持这样一种生活方式的。在夏天那几个月，我们驾车旅行，横穿欧洲。仅次于打网球——塞尔温大夫说——驾驶汽车是我那些日子的最大爱好。那些车甚至现在都还全部停在车库里，也许这时候又值一些钱了。但我从未下定决心出卖任何东西，也许灵魂除外，在某个时刻。人们一再对我说，我没有丝毫的金钱意识。他说，我简直就没有一点先见之明，想到要把钱存入养老金账户，为老年先作准备。这就是我现在几乎一贫如洗的原因。海迪则相反，把她剩下的那笔颇为可观的财产经营得很好，现在确实是一个富婆。我到现在还是不大清楚，是什么弄得我们彼此之间不和睦，是金钱还是我那个最后还是被揭穿的身世秘密，要不根本就是没什么感情了。二战那些年以及战后的几十年，对我来说，是一个盲目和不幸的时期，对此即使我想说什么，也没什么好说的。一九六〇年，我不得不放弃我的诊所和病人时，我就断绝了自己同这个所谓的现实世界最后的联系。从那以后，我在植物和动物当中有了几乎是我仅有的可以谈心的对象。塞尔温大夫说，不知怎么的，我同它们很合得来。他带着一种更确切地说是深不可测的微笑站起身来，以极其奇特的方式同我握手告别。

这次来访之后，塞尔温大夫看我们的次数更少了，而且间隔的时间也越来越长。在我们去法国度假前不久，有一天他给克拉拉带来一束有香忍冬卷须缠绕的白玫瑰。那是我们最后一次见到他。之后没几个星期，在季夏，他用从大口径猎枪射出的一颗子弹，结束了自己的生命。在从法国回来后，我们听说，他坐到自己床边，把枪放在两腿之间，下颚顶到枪口上，然后——自他去印度前买下这支枪后——第一次怀着轻生的念头开了一枪。当有人告诉我们这个消息时，我并未感到有多难受，就克服了最初的惊恐。但我越来越频繁地发觉，某些事情往往是在缺失很长一段时间之后以一种不期然的方式出现。一九八六年七月临近月底，我在瑞士待了几天。二十三日早晨，我乘火车从苏黎世到洛桑。当列车逐渐减速，经过阿勒河大桥驶入伯尔尼，我的目光越过城市，投向高原的山峦。在那一刻，就像我还记得的或者说我现在也许只能想象的那样，我好久以来第一次又想起了塞尔温大夫。三刻钟之后，我正准备把一张在苏黎世买的、

23 JUIL. 1986

Trois fois coup sur coup dans les Alpes

Des linceuls s'

Hier, on a identifié le cadavre d'un guide disparu en 1914

Mais le phénomène des glaces qui rendent leurs victimes e

Septante-deux ans après sa mort, le corps du guide bernois Johannes Naegeli a été libéré de son linceul de glace.

PAR Véronique TISSIÈRES

Hier, on apprenait en effet que la dépouille découverte jeudi dernier sur le glacier supérieur de l'Aar était celle de cet homme de Willingen (près de Meiringen) dont on avait perdu la trace depuis ces jours d'été 1914, où il resta seul à la cabane du CAS. Agé, à l'époque de 66 ans, il est probable qu'il tenta de regagner la plaine par le glacier ; il n'y parvint jamais et toutes les recherches entreprises à l'époque demeurèrent sans résultats.

Coïncidence ? Quelque jours avant la découverte de la dépouille du guide bernois, le corps d'un fantassin de l'armée austro-hongroise, victime de la Première Guerre mondiale, émergeait du Giogo Lungo (Dolomites). Début juillet, enfin, la Vallée-Blanche rendait le cadavre d'une de ses victimes...

Trois cas recensés dans le massif alpin au cours des quinze premiers jours de juillet ! C'est beaucoup, c'
même tout à fait exceptionnel, ca
restitution de corps par les glaci
contrairement à ce que pourraient l
ser supposer les exemples ci-dess
reste un phénomène rare. « Rare m
cyclique, précise-t-on au service
secours en haute montagne de la po
valaisanne. Il ne faut en effet pas p
dre de vue que ces restitutions s
étroitement liées au mouvement
masses de glace. Certaines années,
glaciers du canton livrent deux vi
mes presque coup sur coup, puis p
rien pendant longtemps. »

Ce fut le cas l'an dernier. Le co
d'une jeune femme, disparue qu
ans auparavant, fut retrouvé à la s
face du glacier de Breney (val
Bagnes). Peu après, le Théodule re

LE GLACIER DE L'AAR
Qui vient de rendre un guide décédé en 1914.

L'hist

Film, légendes, la rest
l'imagination. Mais il

C'était en 1937. Fin août, la s
son terminée, le gardien d
cabane Bertol (au-dessus d'Aro
quitte la petite bâtisse pour le
lée. Il n'y arriva jamais. Des rech
ches furent entreprises, en vain.
Qu'était-il devenu ? Les lang
allèrent bon train dans la région.
jess, on parle d'une escapade
Italie. D'autant plus qu'il n'avait
disparu seul, mais avec la ca
contenant les recettes du ref
Pas une grosse somme, de q
toutefois recommencer une n
velle vie ailleurs.
Sept ans plus tard, un g
repère, émergeant de la masse
glacier, une main tenant ferme

已经浏览过的洛桑报纸放到一边，以免错过每次在我面前展开都会令我激赏的日内瓦的湖光山色，这时我的目光落到一则报道上，说的是一九一四年夏天失踪的伯尔尼登山向导约翰内斯·纳埃格利，其尸骸在七十二年后，在上阿尔冰川重见天日。他们就是这么回来的，这些死者。在过了七十多年后，他们不时地从冰里出来，被发现躺在冰碛边，剩下一小堆被磨光的骨头和一双钉鞋。

保罗·贝雷耶特

有些谜团无法解

一九八四年一月，我得到从S城传来的消息，说保罗·贝雷耶特——我在小学听过他的课——于十二月三十日晚上，也就是他七十四岁生日之后的一个星期，结束了生命。就在S城外的一小段铁路线上，当一辆火车从小柳树丛出来，拐向空旷的原野，他已卧在那里。报纸广告中那则以“哀悼一位受人爱戴的同胞”为标题的讣告也给我寄来了。讣告并未涉及保罗·贝雷耶特是自愿还是迫于自我毁灭的压力自尽，只谈到了这位已故教师的功绩，谈到他对学生的照顾远远超过自己的本分，谈到他对音乐的热忱、思想的丰富以及诸如此类的其他方面。讣告又以近乎旁白的方式补充，而未进一步解释，说在第三帝国时期，保罗·贝雷耶特被阻止从事他所选择的职业。这种支离的论断，这种暴力的死亡方式，导致在后来的若干年间，我在脑海里越来越频繁地想起保罗·贝雷耶特，终于尝试除了搜集我自己对他的钟爱的回忆之外，去探寻他那些我不知道的往事。我进行的这些调查把我带回了S城。自从中学毕业后，我只是偶尔回到那里，而且间隔一次比一次长。我很快就了解到，保罗·贝雷耶特直到最后，在S城一栋于一九七〇年建在昔日达戈贝特·莱尔兴米勒艺术与商业园圃地面上的公寓里，有一套自己的住所。但他很少待在那，而是经常外出，没人知道他去了哪。即使拥有多种多样的教育才能，由于这种经常不在城里的情况以及退休前好多年就已开始变得明显的异常举动，怪人的名号还是牢牢地扣在了保罗·贝雷耶特的头上。而就他的死而言，这个名号也确证了S城居民（他在他们中间长大，除了某些时候，总生活在他们之中）的看法：事情的发生是因为注定要发生。我在S城同认识保罗·贝雷耶特的人所作的为数不多的交谈没有给我任何启发，唯一值得注意的也就是，没有人叫他保罗·贝雷耶特或者贝雷耶特老师，相反，每个男士和每个女士往往都只称其为保罗。我从中得到这样的印象：在他的同时代人眼里，他从来就没有真正长大。这使我想起，就连我们在学校里也只叫他保罗，并没有不敬的成分，而是像谈到一个作为表率的兄长，就好像他同我们是一伙，或者说我们同他是一伙。现在我明白了，这当然是一种幻觉，因为尽管这个保罗认识我们，了解我们，可我们当中却没有人知道他是谁，他的内心是什么样子。而我也是如此迟才试图去缝合这段空白、给他涂上色彩，去想象他住在莱尔兴米勒老房子顶楼那套大住所的情景。这座老宅过去所在的位置现在成了一个住宅区，环绕四周的是绿色的菜畦和彩色的花圃，那时保罗经常下午在园圃里帮忙。我看见夏夜他躺在户外阳台上入睡，群星如行军般在他的脸庞上方架起穹顶；我看见冬日他独自一人在莫斯巴赫鱼塘滑冰，看见他伸开四肢躺在轨道上。在我的想象中，他把眼镜摘下，放到一旁的碎石里。那闪闪发光的钢轨、枕木的横梁、老城山间小道旁的小云杉树林以及他如此熟悉的山峦，在这双近视眼里变得模糊起来，在集涌的暮色中消逝不见。最后，当火车搏动的轰隆声越来越近，他只看见一片墨绿色，克拉茨山、特雷塔赫河和希梅尔斯施罗芬山的雪白后象[1]在其中清晰可辨。可是我不得不承认，这些想象尝试并没有使我对保罗有更进一步的了解，充其量不过是暂时的某种感情泛滥而已。我感到感情泛滥是一种冒昧，为了避免这样，我现在记下我所知道的有

1 指刺激停止作用后在脑中暂留的印象。

关保罗·贝雷耶特的那些事和我去了解他的情况时所听到的一切。

一九五二年十二月，我家从W村迁到十九公里外的小城S。在旅行中，我从阿尔卑斯福格尔公共汽车与运输公司紫红色的家具搬运车的驾驶室使劲往外看，看林荫大道两旁无穷无尽的一排排树木。这些树蒙上一层厚厚的白霜，从昏暗的晨雾中露出来，出现在我们眼前。虽然这次行程最多持续了一个小时，我却觉得像是环绕了半个世界。S城当时还根本谈不上一座真正的城市，不过是有大约九千居民、条件较好、可进行集市贸易的集镇罢了。最后，当我们的车经过阿赫大桥，向S城驶去时，我心中充满十分清晰的感觉，那就是我们将在这里开始一种新的、动荡不安的城市生活。我以为涂上蓝色瓷釉的城市路标、老火车站大楼前的大钟，以及依我看是极其雄伟的维特尔斯巴赫酒店立面，都可视为这种生活明白无误的征兆。不过让我特别觉得兆头好的是把一排排房屋间隔开来的、矗立着断壁残垣的小块废墟，因为自从去过慕尼黑后，在我看来，没有任何东西可以像瓦砾堆、防火墙和可以看见空无一物的天空的窗洞那样，明确地同"城市"这个词联系起来。

我们到达那天下午，气温急剧下降，大雪开始纷飞，直到夜里，才逐渐平静。当我第二天早上第一次在S城上学，雪已积了那么厚，我惊讶万分，感到像过节一样高兴。我上三年级，这个年级由保罗·贝雷耶特负责。我穿着我那件有跳鹿图案的深绿色套头羊毛衫，站在五十一个与我年龄相仿、极其好奇地盯着我的同学面前，听着保罗好像从远处传来的说话声。他说我来得正是时候，因为他昨天刚讲过跳鹿的传说，现在正好可以把我套衫上的跳鹿图画到黑板上去。他要我脱下套衫，暂时坐到最后一条长凳上，挨着弗里茨·宾斯汪格尔，然后借助这个图案给我们示范，该怎样将一幅画拆散成极其细微的部分——小十字形、正方形或点——或者将这些细微部分组成一幅画。很快我就在弗里茨旁边埋头于我的学生练习本，模仿黑板上的跳鹿图，往我的方格纸上画起来。很快我就发现，重读三年级的弗里茨很明显也在尽心尽力完成自己的作业，可这项工作在他那里进展得极其缓慢。甚至当那些迟到的同学都早已做完这个作业，他的方格纸上也只画了十几个小十字形。在悄悄交换了一下眼色后，我手脚麻利地做完了他没有完成的作业。从这一天开始，我们还挨在一起坐了差不多两年。在此期间，我帮他做了好大一部分算术、书写和绘画作业。这事很容易做到，而且几乎可以说做得天衣无缝。之所以如此，主要是因为保罗一再摇头说弗里茨和我完全一样，都无可救药，写的字乱七八糟，唯一的区别是：

弗里茨无法写得利索，我无法写得慢。保罗丝毫没有指摘我们的合作；相反，为了继续鼓励我们，他把装着一半高泥土、镶上褐色框架的金龟子玻璃箱挂到我们长凳旁的墙上。在玻璃箱里，除了一对用聚特林字体[1]标明为 *Melolontha vulgaris*[2] 的金龟子外，泥土下面还可以看到一窝蛋、一只蛹和一只幼虫，在更上边可以看到三只金龟子，一只正在孵化，一只正飞着，一只正在吃苹果树叶。这个展示金龟子神秘蜕变的玻璃箱，在初夏激励着弗里茨和我去对整个金龟子类昆虫进行极其深入的钻研。这种钻研包括解剖学研究，最后在烹饪并喝完捣成糊状的金龟子的汤时，达到顶峰。事实上，出生在施瓦岑巴赫一个食指众多的小农家庭、就人们所知没有亲生父亲的弗里茨，最大的兴趣便是所有与食品、食品烹饪和食品配制有关的事。每天他都要极其详尽地论述我带到学校去与他分享的点心的质量。放学回家时，我们往往会站在图拉美食店的橱窗前或者去看艾因西德勒热带水果店的陈列，那里最吸引人的是一个深绿色、冒着透气水泡的鳟鱼玻璃缸。有一次，我们已经在水果店前站了好久——在这个九月天的中午，从店铺阴暗的内部吹来一

1　由路德维希·聚特林设计，1915 年开始使用，1941 年前为德国学校使用的手写体。

2　金龟子的拉丁文学名。

阵使人感到舒适的凉风——年迈的艾因西德勒出现在门口，送给我们每人一个皇帝梨。这是个真正的奇迹，不仅因为这种水果如此珍贵，主要的还因为艾因西德勒的暴脾气远近闻名，他对任何事情都没有像对接待他那剩下的、寥寥无几的顾客那样恨之入骨了。在吃皇帝梨时，弗里茨向我透露，他会成为厨师，日后他也确实成了厨师，而且可以毫不夸张地说，是一位享有世界声誉的厨师。他在苏黎世多尔德尔大饭店和因特拉肯的维多利亚少女峰饭店使自己的厨艺达到了炉火纯青的地步，此后不管在纽约、马德里还是伦敦都大受欢迎。弗里茨在伦敦时，我们还有过一面之缘，那是一九八四年一个四月天的早晨，在大英博物馆的阅览室，我在那里研究白令海附近阿拉斯加的科学考察史，而弗里茨则在钻研十八世纪的法国食谱。我们好像是故意这样做似的，彼此只隔一条过道，分坐两边。当我们有一次同时离开工作抬起头来，尽管其间已经过了四分之一个世纪，我们却立即认出了彼此。然后，我们在自助餐厅里相互讲述自己的往事，也聊了好久关于保罗的情况，其中，弗里茨记忆犹新的主要是，他一次都没有看到过保罗吃东西。

我们的教室——我们必须比例正确地将它的平面图画到我们的练习本上——有二十六条长凳，分成三行，用螺钉固定在加了润滑油的木地板上。讲台后面的墙上

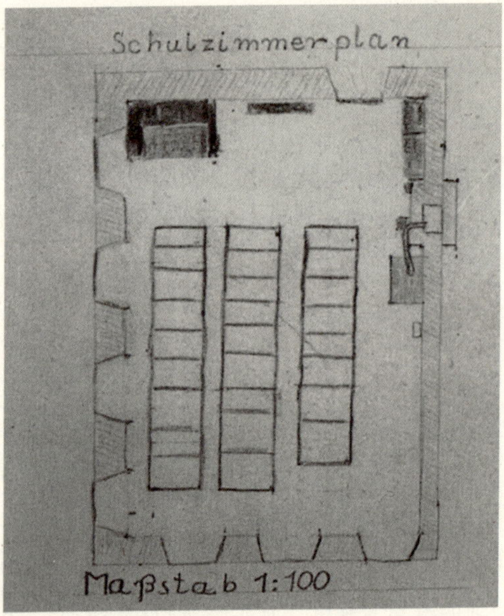

挂着有棕榈枝叶的耶稣受难像。从加高的讲台可以往下看到学生们的头，如果我没有记错的话，保罗从来就没有在这个加高的座位上坐过。他不是站在黑板前，就是站在有裂纹的油布世界地图前，然后要么在一行行长凳之间穿行，要么两臂交叉，靠在绿瓷砖壁炉旁的什物箱上。然而他最喜爱的位置，是那些嵌进墙壁很深的朝南窗户中的一扇旁。窗外，挂在高高木杆上的欧椋鸟饲养箱，从弗赖酒厂老苹果园的大树枝间，向在远处被几乎整个学年都白雪皑皑的莱希塔尔阿尔卑斯山脉的锯齿形曲线包围的天空探出。保罗的前任霍尔迈尔，因对学生毫不留情、严格管理，成为可怕的教师。他让受罚的学生在有棱角的木柴块上跪几个小时，又叫人用石灰涂料把窗子粉刷去一半，为了让这些小孩不能往外张望。保罗于一九四六年任职后的第一项行动，就是用刮须刀片费劲地把这层涂料刮掉。其实这种事并非那么要紧，因为保罗不论什么情况都有把窗户敞开的习惯，哪怕天气不好，甚至在天气严寒的冬天，他坚信，缺氧会损伤人的思考能力。所以上课时他喜欢站在靠近讲台的一个窗龛旁，半朝教室，半朝窗外，脸稍微往上抬起，眼镜在阳光下闪闪发光，从这个边缘位置对我们讲话。他讲起话来语句井然，不带任何方言色彩，只是发音或语调上有点不准，好像不是从喉头，而是从心区发出来的，因此有时候会使人觉得，仿佛他身体里的一切都由一个钟表装置来驱动，整个保罗就是一个人造的、用铁片和其他金属零件组装而成的人，微不足道的故障就能使这种人脱离生活的常轨。他确实经常因为我们理解迟钝而陷于绝望，然后用左手去抓自己的头发，致使头发向上翘起，像是在戏剧性地强调着什么。有时他也会掏出手帕，气愤我们故意装傻——也许他这么认为并非毫无理由——而咬起来。像这样发了一阵疯之后，他往往会摘下眼镜，阖着双眼、无能为力地站在教室中间，对着透镜呵气，这样尽心尽力地擦亮它，就好像有一会儿不用看到我们让他感到宽慰。

保罗所上的课囊括了当时给公立学校规定的教学内容：两数乘法表、基本运算法、德文和拉丁文、自然科学、乡土常识、唱游和所谓的体育。可宗教课不是由保罗本人来上，而是每周一次，先由名字中有字母 e-i、口齿不清的传道师迈尔，然后由名字中有字母 e-y、声音低沉且洪亮的受俸神父迈尔[1]来教我们忏悔问答表、教义、宗教历法、七宗大罪以及诸如此类的东西。关于保罗，有传言说他是自由思想者（好长时间我都不理解这是什么东西）。他每次都很会安排，既不会在宗教课开始前遇到前一个迈尔，也不会在宗教课结束时遇到后一个迈尔，因为显然没有任何东西会比天主教虚伪而唠叨的说教更使他厌恶。每逢在宗教课下课后回到教室，发现黑板上有用淡紫色粉笔画的圣灵降临祭坛、红褐色圣体显供架或者诸如此类的东西，他就会以一种显而易见的迫切，毫不犹豫地、完全彻底地把这些艺术品擦得一干二净。我多次看到，有一个安放在门旁边、表现耶稣闪闪发光的心的圣水盆，保罗会准时在每次宗教课上课前，用一把通常用来浇灌天竺葵的喷壶往里浇水，一直浇到水满

1　前一个迈尔是 Meier，后一个是 Meyer。

为止。因此受俸神父那总放在黑光闪闪的猪皮公文包里随身携带的圣水瓶从来没派上用场。他不敢干脆把装满圣水的圣水盆倒空，所以在竭力解释耶稣那看起来永不枯竭的心时犹豫不决，时而猜测这是系统性的恶意在搞鬼，时而又希望这是来自更高处的指示，也许真的是奇迹。然而，几乎可以肯定，无论受俸神父还是传道师，都认为保罗是一个无可救药的人，因为我们不止一次被要求为我们的老师祈祷，让他皈依正道。可是保罗对罗马教会的厌恶远远超过只是对一个原则问题厌恶；他确实害怕那些上帝代理人和从他们身上散发出来的樟脑丸的气味。他在星期天不仅不进教堂，而且出城，走得远远的，走进山里去，远到再也听不到教堂的钟声。天气不好时，他就同鞋匠科洛做伴，度过星期天上午。科洛是一个哲学家、一个地道的无神论者。在主日他如果不同保罗下棋，就会绞尽脑汁，起草各种论战和宣传小册子，反对这唯一能救世的宗教。这一勾连又让我记起有一次我成了一个事件的见证人。在这一事件中，保罗对所有假正经行为的厌恶，明显战胜了他通常用来忍受周围世界的智力缺陷的耐心。在比我高一个年级的那个班里，有个名叫埃瓦尔德·赖泽的学生，深受传道师影响。他身上展示的虔诚，对于一个十岁男孩来说不可思议，可以公正地说，过分得如同在炫耀。是的，他才十岁，看起来就已经像一个准备充分的神父。他在全校是唯一穿大衣的人，此外还披了一条十字交叉搭在胸前、用别针——我们所说的大头针——固定起来的紫色围巾。赖泽绝不会不戴帽子，甚至在盛夏，他都戴一顶小草帽或是一顶轻便的亚麻布便帽。保罗讨厌这个本来就愚蠢然后又满脑子去学怎么变得愚蠢的典型。有一天，赖泽在巷子里没来得及脱帽致敬，保罗便把他的帽子拿掉，扇了他一耳光，然后在把帽子给他戴上时训斥道：即便是未来的神父，按规定也应该向学校老师问候。

全部课时中至少有四分之一，保罗都是用来传授教学计划外的知识。他教我们代数学的基础知识。他对自然科学的兴趣如此之大，以至于有一次把邻居都吓了一跳。他把自己在森林里找到的一只死狐狸，放在厨房炉灶上的一个旧密封罐里煮了好几天，只是为了能够在学校里同我们一道拼凑出一套真正的骨骼。我们从未读过为国民小学三四年级规定的、被保罗称为既可笑又骗人的学生读物，而几乎是只阅读——据我猜测是保罗自己掏钱订阅的六十本——《莱茵兰家庭之友》。其中有好多故事，譬如秘密斩首这样的，给我留下了极其深刻的、迄今都不会忘怀的印象。但在脑海中比别的一切都记得更清楚的——为什么，我也不知道——却是在《巴塞尔权杖》中朝圣者对老板娘讲的那番话：如果我再回来的话，我要从阿什凯隆海边给你们带来一只神圣的贝壳，或者从耶利哥带来一朵玫瑰。[1]保罗至少一周上一次法语课。他说他曾经在法国待过，那儿的人们都讲法语，他知道怎么讲，要是我们愿意，可以轻而易举地学他的样。然后一个五月的上午，坐在校园的户外，在凉爽的阳光下，我们立即就明白了 un beau jour[2] 意味着什么，正开着花的栗树用法语讲是 un chataignier en fleurs。总而言之，保罗的课是人们可以想象的最形象生动的课。所以，他原则上极其重视抓住每个机会同我们走出校舍，在周围地区尽可能多观察——带变电站的发电厂、铸铁厂的熔炼炉和蒸汽锻造车间、藤柳制品厂和乳酪制品厂。我们参观过奥克森啤酒厂的酿造间，去过麦芽打谷场。打谷场上鸦雀无声，以至于我们当中没有谁敢说一句话。有一天，我们还拜访了军械维修技工科拉迪。科拉迪在 S 城从事这一职业将近六十年，总是戴一副绿色遮光眼罩，无论何时，只要透过车间窗户射进来的光线允许，他就埋头修理那些除了他，远近都无人能修好的、结构复杂的老式步枪枪栓。要是他把这种枪机又修好了，他就提着枪出去，走进屋前小花园，作为最后完工和喜悦

1 阿什凯隆和耶利哥为巴勒斯坦地名。

2 法语：美好的一天。

的信号，对空开上几枪。

这种被保罗称为实物教学的课程，随着时间推移，出于种种原因，把我们带到了周围大约两个小时路程内所有值得一看的场所。我们参观过弗卢恩施泰因城堡，探索过施塔刺拉赫峡谷，去过赫芬上面的水房和髑髅地[1]存放老兵协会礼炮的塔楼。在进行了持续好几周的各种初步研究之后，我们终于在施特劳斯贝格找到一战后被废弃的褐煤矿坑道和残存的用来从坑道入口往阿尔特施泰特火车站运煤的索道，对此我们自己都吃惊不小。但我们不仅进行这类根据特定目的组织的远足，还在天气特别好的日子，往往只是去采集植物标本，或者以植物研究为借口去原野游玩，什么事也不做。遇到这些大多在孟夏的机会，理发师和验尸医生沃尔法尔特那个被认为脑子不正常的儿子会一再和我们结伴而行。大家都叫他曼戈尔德，年龄说不清，性情天真温和。尽管平时连最简单的演算都不会，他却能够立即说出过去或将来任何一个日子是星期几。每当能够走在我们这些连半大孩子都还说不上的学生当中，并向我们展示这个技能，这个细高个子就感到极其幸福。所以如果有人对曼戈尔德

1 耶路撒冷城外的小山，耶稣在该地被钉上十字架。现泛指有朝圣教堂和再现耶稣受难的朝圣地。

说自己出生在一九四四年五月十八日，他立即就会回答，这天是星期四。而如果有人试图用更难的算术题，譬如用教皇或者路德维希国王的出生日期来考他，他同样会毫不犹豫地说出那天是星期几。保罗自己就是一个令人惊讶的心算能手，此外还是一个优秀的数学家，他好几年都试图借助种种复杂的测试、询问和别的手段，探出曼戈尔德的秘密。但据我所知，无论是他还是别的什么人都没有成功，因为曼戈尔德几乎就听不懂给他提出的任何问题。另外，同我们和曼戈尔德一样，保罗很明显对去周遭地区郊游感到十分愉快。他走在我们前面，身穿防风外套，要不就只穿衬衣，脸稍微往上抬起，迈开他那独特的、轻快的大步。我现在回首往事才意识到，这一定是受他年轻时参加的德国候鸟协会[1]运动的影响。在穿过田野的路上一直不停地吹口哨，已成为保罗的习惯。他的技巧确实罕见；口哨声简直就像他吹奏的长笛声一样悦耳动听、圆润雄浑。甚至在上山时，他都能用看似轻松的样子，连续不断地吹出最长的延长音和急奏，也就是说并非随随便便的，而是精心谱出的、美妙动听的经过句和旋律。我们当中还从未有人听过。多年之后，每当在贝利尼[2]的歌剧或者勃拉姆斯的一首奏鸣曲中重新发现这些旋律时，我都会心潮澎湃。无论在哪儿，保罗都会在我们休息时，从一只旧棉袜里取出他随身携带的单簧管，吹出我当时一无所知的古典保留剧目当中的各种乐曲，特别是那些慢速乐章。除开那些我们在其间只需扮演听众角色的音乐课，我们至少每两周要练会一首歌。在这里，思想深刻同样要重于轻松愉快。《在斯特拉斯堡的战壕里》《我的悲哀在那时开始》《山上有城堡》《在配上绿色花环的小客店里》《我们顺着河岸往下滑行》，我们要学会的都是这样一些歌曲。可是，这些音乐作品之于保罗的真正意义，我是到后来才弄明白。有

1　1901 年由卡尔·菲舍尔创立的德国青年徒步旅行奖励会。

2　贝利尼（1801—1835），意大利作曲家，代表作有歌剧《诺尔玛》《梦游女》等。

一次，我猜是受保罗鼓动，管风琴师勃兰代那个已经在念音乐学院的、很有天赋的儿子来上唱游课，用他的小提琴给农家孩子——因为我们几乎毫无例外都是来自农民家庭——举办一场音乐会。像往常一样站在他那窗前位置的保罗，并未能隐藏这个青年勃兰代的演奏给他带来的触动，他不得不摘下眼镜，因为眼泪已夺眶而出。我甚至记得他把身子转了过去，为了不让我们看见他的啜泣。可不仅是音乐能让保罗这么失态；其实任何时候，在课堂上、课间休息或者远足途中，他都有可能在我们之外的某个地方独自停下或坐下，仿佛他这个总是显得精神很好、兴致勃勃的人实际上内心非常荒凉。

我也只是在整理我自己关于露西·兰道所述往事的零碎回忆时，才对这种荒凉有所理解。我在S城调查期间证实，露西·兰道操办了保罗在当地公墓的丧葬事宜。她住在伊韦尔东，在保罗去世之后第二年的一个夏日，我对她进行了初次拜访——这样的拜访之后又有好几次。我记得那是一个格外安静的日子。她首先给我讲起她七岁时，同鳏居的美术史家父亲一起离开故乡法兰克福。她住的这个湖畔小别墅，是一个巧克力厂老板为安度晚年在世纪之交修的。兰道夫人的父亲于一九三三年夏把它买到手，正如兰道夫人所说，这笔买卖几乎花光了他的全部财产，以至于他们不得不在她整个童年时期和接踵而来的战争时期，住在这座几乎没有任何家具的房子里。然而，她感到住在空荡荡的房间里绝非受剥夺，相反是一次幸福的变化，以一种并非轻易就能描述的方式，因而是对她特别的偏爱或嘉奖。譬如她还清楚地记得——兰道夫人这样讲述——在她八岁生日那天，父亲在阳台上摆好一张铺上白色纸手巾的小餐桌，她同她的新同学埃讷斯特坐在桌旁吃晚餐，而父亲则身穿黑马甲，胳臂搭一条餐巾，扮演一位少有的彬彬有礼的侍者。这座被轻轻晃动的树木环绕、窗户洞开的空房子当时在她眼里，就像是一场魔术表演的背景。然后——兰道夫人继续往下讲——当一道道火光开始接二连三地沿着湖边直至奥宾街，然后继续往上亮起来时，她完全相信，所有这一切都只是为了她，为了祝贺她的生日才发生的。埃讷斯特——兰道夫人用一种对他报之以穿越横亘着的时光的微笑说道——埃讷斯特当然非常清楚，国庆纪念日才是从黑暗中四处燃起欢庆火焰的缘由，但他非常得体地避免用任何一种启蒙式评论，来妨碍我满怀喜悦的心情。埃讷斯特来自一个子女很多的工人家庭，他是其中最小的孩子。总而言之，当我思考的时候，他的谨慎永远都是我的榜样，还没有人比他更谨慎，也许保罗是个例外，很可惜我同他相识太晚——那是在一九七一年夏天，在法国汝拉省的萨兰莱班。

在一番表露之后，接着便是一阵较长时间的沉默。之后兰道夫人补充道：她当时正坐在科尔得利林荫大道的一张公园长椅上读纳博科夫自传。在已经从她身旁路过两次之后，保罗终于忍不住用一种过分客气的口吻同她谈起这本读物。从那时起，整个下午以及接下来的几个星期，他都用他那有点过时、过于考究的法语同她进行讨人喜欢的交谈。他一开始以半是解释、半是介绍自己的方式跟她说，他之所以来到这个他早已熟悉的城市萨兰莱班，是因为他自身的境况在最近几年越来越糟，甚至到了幽闭恐惧症的地步，这让他再也无法教书。尽管像他特意强调的，他对自己的学生总怀有好感，但学生们看起来都像是令人憎恨的卑鄙家伙，一看见他们，他不止一次地感到自己身上涌起一种完全是无缘无故的暴力需要发泄。保罗尽可能阻止或者掩饰从坦白中流露出来的心烦意乱和对疯狂的担忧。所以同样的，兰道夫人说，在他们认识的最初几天，他就已经用一种将一切都变得轻松愉快、无足轻重的嘲讽语气，给她讲述自己不久前进行的自尽尝试。他说这次尝试使人难堪得要命，他很不情愿回想，但又不能不跟她说这种事，好让她真正了解在夏日的萨兰莱班，她亲切地与之并肩散步的异乎寻常的幽灵。可怜的保罗，兰道夫人忘情道，随即又看向我说，在她微不足道的一生中，她结识了相当多的男人——是比较亲近的男人，她带着嘲讽的神情强调——这些人全都以这样或那样的方式显示出对自己的信心。谢天谢地，这些先生的名字她大都忘记了。他们中的每一个最后都只不过是一个粗鲁的木头人罢了。相反，几乎被自己内心的孤独毁掉的保罗，却是一个人所能期冀的最谨慎、最让人轻松愉快的伙伴。兰道夫人讲道，他们在萨兰莱班心旷神怡地散步，从这里出发去远足。他们一起泡温泉，参观盐美术馆，花大半个下午待在贝林堡垒。他们站在桥边，凝视富里乌泽绿色的河水，讲述着彼此的故事。他们前往巴斯德[1]在阿尔布瓦长大的房子，在阿尔克－塞南参观十八世纪作为工厂、城市和社会的理想典范而建造的盐场建筑。在那里，根据兰道夫人的说法，保罗大胆地在布尔乔亚的乌托邦和秩序概念，就像在尼古拉·勒杜[2]的设计和建筑中表达的，与越来越严重地摧毁自然的生活方式之间，画了一条连接线。当谈到这件事时，兰道女士自己都感到惊异，那些情景，她本以为随着保罗的去世，已埋葬在悲痛之下，如今却还历历在目。但她认为在所有的情景中，最令人难忘的是上蒙特龙山郊游，尽管登山时乘坐的滑雪缆车有点难受。

1　巴斯德的出生地是汝拉省多勒镇，但在出生两个月后，他随家搬到阿尔布瓦。

2　尼古拉·勒杜（1736—1806），法国设计师，阿尔克－塞南盐场的设计者。

他们从山顶久久地俯视日内瓦湖及其周边，它看起来缩小了好多倍，仿佛是为一条铁路模型建造的。一方面是这些微型景观，另一方面是坡度平缓的勃朗峰，以及远处依稀可见的瓦努瓦斯山冰川和占据一半地平线的阿尔卑斯山全景，它们使她人生中第一次感受到在我们的渴望中的矛盾。

在后来对邦利厄别墅的一次拜访中，当我提出那个与兰道夫人的暗示——保罗很早就熟悉了汝拉省和萨兰莱班周围地区的环境——有关的问题，我得知，从一九三五年秋到一九三九年初，他先是在贝桑松待了一小段时间，然后在多勒一个名叫帕萨格雷的家里当家庭教师。初看之下，这与一位三十年代德国小学教师的生平不怎么协调。好像是为了解释这一事实，兰道夫人把一本大型相册放到我面前。其中的照片，不仅为所提到的时间，而且为保罗·贝雷耶特几乎整个一生——除了几处空缺——提供了图像资料的证明，另外还有他的亲笔附注。那天下午，我一次又一次地来回翻阅这本相册，而且从那时起，我一再想到它，因为在观看其中那些相片时，我确实觉得，现在也仍然觉得，好像这些死者又回来了，或者说好像我们正准备向他们走去。最早的那些照片讲述的是保罗在紧邻莱尔兴米勒园圃的布卢门大街贝雷耶特住宅度过的幸福童年，多次展现他同他的猫

以及一只看起来很驯服的公鸡在一起。接下来那几年，保罗在一所乡村寄宿学校上学，其幸福感并不亚于刚刚逝去的童年时代。紧接着，他进入劳英根师范学校。在照片的文字说明中，他把这所学校称为劳英根教师驯养场。兰道夫人对此加以说明：保罗之所以忍受这种遵循思想僵化的方针、根据病态的天主教教义制定的训练，只是因为他无论如何，甚至不惜以接受这样一种训练为代价，都想要成为小学教师。只有他那绝对无条件的理想主义，才使他有可能心灵不受损伤，熬过劳英根时期。一九三四年至一九三五年，当时二十四岁的保罗结束在S城小学的一年试用期，就在这同一间教室里，在整整十五年之后，他给另外一群看上去和这张照片上的孩子

几乎没有区别的孩子上课，而我吃惊地发现，我也在其中。在那年试用期之后的一九三五年夏天，正如照片以及兰道夫人的说明所表明的，来自维也纳的海伦·霍兰德尔在S城住的几个星期，给这位未来的小学教师带来了一段最美好的时光。这位比保罗大几个月的海伦在相册里被用双重惊叹号注明，她住在贝雷耶特家中，而她母亲则被安排在卢伊特波尔德膳宿公寓。按照兰道夫人的猜测，她对于保罗来说不亚于上帝的启示。如果这些照片不骗人的话，兰道夫人说，那么海伦·霍兰德尔这个人爽直、聪明，而且还是一潭相当深的水，保罗就喜欢倒映在这深水之中。

而现在——兰道夫人继续说道——您想一想：海伦

于九月初同她母亲返回维也纳，保罗在偏僻的W村担任他的第一个正式职务，他在那里几乎连孩子们的名字都还没有记熟，就收到一份官方通知，说根据他所熟知的那些法律规定，他继续担任教职已不符合要求。他整个夏天所抱有的那些对美好未来的希望，就像俗话说的纸牌屋那样，一声不响就倒塌了。所有前景在他眼前都变

得模糊，他体会到，第一次体会到那种无法克服的失败感。这种感觉以后还总会困扰他，并且最终也无法摆脱。兰道夫人在暂时结束她的讲述时说，十月底，保罗经巴塞尔前往贝桑松，在那里担任由他父亲的一位老主顾介绍的家庭教师的职位。一张摄于星期天下午的照片显示，他那时的心情有多么不舒畅。在这张照片的左外侧，这位在一个月之内从幸运陷入不幸的保罗看起来瘦得可怕，几乎处于肉体正在蒸发的关头。至于海伦·霍兰德尔后来怎么样了这个问题，兰道夫人无法给出一个确切的答复。她说，关于此事，保罗始终保持沉默，据她猜测，很可能是因为他受到这种想象的折磨，即认为是自己拒绝了她，抛弃了她。可就兰道夫人所能打听到的来看，她怀疑海伦同她的母亲是被驱逐出境的。载着她们的专列通常在黎明前从维也纳火车站开出，接下来很可能开往特雷西亚施塔特。

渐渐地，保罗·贝雷耶特的生平开始从幕后显露出来。尽管我的籍贯是S城，我熟悉那里的情况，但我却不知道老贝雷耶特是一个所谓的半个犹太人，当然也不知道保罗只是四分之三的雅利安人。对此，兰道夫人一点也不感到奇怪。您知道——在伊韦尔东，在我多次对她的拜访中，有一次她对我说——您知道人们在希望破灭之后的那些年里，对一切都守口如瓶、讳莫如深，以及有时使我觉得他们好像确实已经忘得一干二净的那种彻底性，其实只不过是卑劣本性的另一面。譬如说，S城咖啡店主舍费尔莱就采用这种方式促使保罗的母亲——她名叫特克拉，有段时间在纽伦堡市立剧院登台演出——注意到，一位同有一半犹太血统的人结婚的女士在场，会使他那些市民阶层的顾客感到不舒服，于是他极其客气地请她别每天来咖啡店喝咖啡。兰道夫人说，您没有注意到这样的粗劣和卑劣行径并不使我感到奇怪，一点儿也不。而一个像贝雷耶特家那样的家庭，在当时糟糕透顶的S城，就经常遭遇到这些恶行。尽管有各种所谓的进步，情况仍然毫无变化；这并不使我感到奇怪，因为这就是全部历史的逻辑。

顺便提一下，保罗的父亲这个曾经文质彬彬、多愁善感的人，出生在——兰道夫人在一阵短暂的感情冲动之后，设法缓和语气重新转入正题——弗兰肯的贡岑豪森。祖父安舍尔在那里经营一家小杂货铺，娶了一个信奉基督教的女仆，这个女仆在他家中待了几年之后对他很有好感。结婚时安舍尔已经五十多岁，而罗西娜才二十五岁左右。这一结合不言而喻十分隐秘，保罗的父亲特奥是他们的独子。在结束了奥格斯堡的商业学徒培训之后，他在纽伦堡的一家百货商店工作了较长时间，并升为高级职员，之后他于一九〇〇年来到S城，在这里用一部分是赚来的、一部分是借来的资本，开了一家商场。商场什么都卖，从咖啡豆到领子纽扣，从内衣到布谷鸟挂钟，从冰糖到折叠式礼帽。兰道夫人讲道，关于这家奇妙的商场，保罗曾在一九七五年夏天给她详细描述过，当时他刚做完白内障手术，眼睛包扎着、躺在伯尔尼的医院里。他说他可以像做梦一样极为清晰地看到他从未想过的东西依然在那里，在他们家的商场里。不知怎么的，他在童年时代感到商场里的所有东西都堆得太高，一方面很可能是由于他身材矮小，但另一方面，这些货架确实顶到最上面，直至四米高的天花板。因为橱窗的后壁只有狭长的气窗，即便是在光线最亮的夏天，商场也很昏暗。还是孩子的他就更加觉得昏暗了，保罗说，当他骑着小三轮脚踏车——他通常都在最底层走动——

在木箱和柜台之间的沟壑，在各种各样的气味中穿行时。在这些气味中，樟脑丸和铃兰肥皂的气味总是最突出，而羊毛毡和罗登缩绒厚呢只在潮湿的天气、鲱鱼和亚麻籽油只在炎热的天气，才会发出刺鼻的气味。保罗十分感动地谈起记忆中的往事，当时他一连好几个钟头骑着小三轮脚踏车，穿过他感到是永无止境的黑暗的街巷，从闪闪发光的靴筒旁，从密封大口玻璃瓶旁，从镀锌喷壶、皮鞭挂架和那个尤其使他心醉神迷的特殊柜子旁——在那个柜子里，在用玻璃制作的小窗后，陈列着居特曼[1]五彩斑斓的丝线。商场职工有柜员兼会计弗罗姆克内希特，由于长期伏案，忙于书信往来以及没完没了的数目，三十岁就已肩膀高耸；有老姑娘施泰因拜斯，整天拿着抹布和羽毛掸子到处蹦蹦跳跳；还有两个不断强调他们并非亲戚的店员米勒·赫尔曼和米勒·海因里希，总是身穿马甲、罩着袖套，站在巨大的收银机两边，用一种对身居高位者来说才显得不做作的屈尊俯就的态度对待顾客。而父亲——商场主人特奥·贝雷耶特本人，则每天不是身穿双排扣礼服，就是身穿细条纹西装，裹着绑腿，用大约一个小时，来到商场，在他那两盆棕榈之间的位置工作——这些棕榈视天气情况放在旋转门内或门

1 居特曼（1828—1895），奥地利实业家，1864年在维也纳建立缝纫用丝线厂。

外。他会毕恭毕敬地陪同每一位来到商场的顾客，无论是对面养老院那个最贫穷的老人，还是哈斯特赖特啤酒厂老板那位出手大方的夫人，之后又彬彬有礼地目送他们离去。

兰道夫人还附带说明，这家看样子是当地，甚至是整个地区唯一的大商场，使得贝雷耶特一家能够过上丰衣足食的生活，甚至在某些方面还称得上奢侈——兰道夫人这样说——单凭下面这一点就可证明：就像保罗乐于想起的，特奥多尔在二十年代就已经驾驶一辆迪尔科普汽车进入蒂罗尔山区，到达乌尔姆，直到博登湖[1]，所

1 蒂罗尔位于奥地利，乌尔姆位于德国巴登－符腾堡州，博登湖位于德国、奥地利和瑞士之间。

到之处均引起了轰动。特奥多尔·贝雷耶特于一九三六年的圣枝主日去世；这件事我也是从兰道夫人的讲述中得知的。看来她必定一遍遍地同保罗聊起过这所有的事，就像我通过一次次拜访对事情了解得更加清楚。据说是死于心脏衰竭，可实际上——兰道夫人特意强调——是死于愤怒和恐惧。正好在他去世之日两年前，在他的故乡贡岑豪森，发生了针对好几代都在那里定居的犹太家庭的严重骚乱。从那以后，愤怒和恐惧就在折磨着他。除了妻子和职员，没有人给这位商场老板送葬，复活节前他被葬在S城公墓一道偏僻的矮墙后面，那里是为不信教的人和自杀者保留的。兰道夫人说，与此有关的还有，虽然这家在特奥多尔·贝雷耶特去世后转到遗孀特克拉名下的商场不能雅利安化[1]，但它仍然由死者家属当作差不多是不值钱的东西，卖给近日来以守信用的商人形象出现的牲畜商和地产商阿尔方斯·金茨勒。在这桩可疑的交易之后，特克拉·贝雷耶特郁郁寡欢，几个星期后也死去。

兰道夫人说，保罗从远处密切关注这些事情，却无从插手，因为一来，坏消息到达时往往已经太晚，二来，他有一种自己的决断力已经瘫痪的感觉，这使他不可能

1 纳粹用语，指将犹太人的财产转为雅利安人即德国人的财产。

去预想哪怕只是明天的事。兰道夫人向我解释道，因此保罗长时间都无法完全得知一九三五年和一九三六年发生在S城的事情的真相，也不愿意提到混杂着盲点的过去。兰道夫人说，只是到了人生的最后十年，那时他的大部分时光都是在伊韦尔东度过，他才感到追述那些事件的重要性，他甚至认为是极其重要。尽管视力越来越弱，他依然连续几天坐在档案馆里，没完没了地做笔记，譬如关于一九三四年圣枝主日发生在贡岑豪森的事件——几年之后便是众所周知的水晶之夜——犹太人商号的玻璃被砸碎，犹太人被从他们地下室的藏身处拖到大街上。兰道夫人说，使保罗感到惊恐的，不仅是贡岑豪森圣枝主日发生的残忍攻击和暴行——七十五岁的阿龙·罗森菲尔德被人用刀捅死，年仅三十岁的西格弗里德·罗塞瑙被吊死在栅栏上；不仅是这种事，同样使他感到惊恐的还有他在查询过程中从报纸上发现的一篇幸灾乐祸的文章。它报道的是城里第二天早上有一个免费市场，在贡岑豪森的学龄儿童，可以有为期几个星期的时间，满足他们对发针、巧克力香烟糖[1]、彩色画笔、汽水粉以及其他各种东西的需要，而这些东西便来自那些被毁坏的店铺。

1　又称巧克力烟仔糖，其外盒像一个缩小的香烟盒，里面的巧克力像是一支支香烟，因而得名。

尽管如此，在保罗的故事中，我对这一事实还是很难理解——不知是因为在环境变得越来越艰难的时代，他再也无法作为德语家庭教师继续待在法国，还是出于极度愤怒或情绪反常——一九三九年初他回到德国，去了他完全陌生的帝国首都。在奥拉宁堡，他找到一个汽车修理厂办事员的职位。没过几个月，他就收到了入伍通知书；显然只有四分之三雅利安血统的人也被召集。他在机动炮兵部队效力——如果可以用这个词的话——六年，被派驻到大德意志祖国的各个驻地和几个很快占领的国家。他到过波兰、比利时、法国、巴尔干、俄国

和地中海，见过的东西无疑超出了心脏或者眼睛所能承受的。标明年份的数字和季节在变更，在瓦龙人的秋天之后，接踵而来的是别尔基切夫附近白雪皑皑、没有尽头的冬天，是上索恩省的春天，是达尔马提亚海岸或罗马尼亚的夏天，不管怎样，就像保罗在这张照片下面写

到的，人总是在直线距离大约两千公里外——可是从何处算起？——而且随着每次脉搏跳动，一天天地、一小时又一小时地，变得更不可理解、更没有个性、更抽象。

保罗于一九三九年返回德国是一个错误，兰道夫人说，正如他在战后返回S城，在从前被扫地出门的地方，重操教师这一旧业。我当然明白——她补充道——是什么又把他引回学校。他简直天生就有给孩子上课的才干，

他是一个真正的梅拉梅德[1]——就像您自己给我讲过的那样——可以从无到有地把课讲得极其精彩。再说，作为一个优秀教师，他大概以为可以给这令人不快的十二年来一个了结，只需把这页翻过去，重新开始。然而这至多只能说明一半。那么是什么促使甚至迫使保罗在一九三九年和一九四五年返回德国的呢？事实是这样的：他是一个地地道道的德国人，对于这片位于阿尔卑斯山脚下的故土，甚至这个糟糕的S城，有一种无法割舍的感情，尽管他实际上讨厌这个地方，而且在内心深处——这一点我完全肯定，兰道夫人说——情愿看到它同他觉得可恶至极的那些居民一起被摧毁和消灭。兰道夫人说，保罗无法忍受在退休前不久多少有点被迫迁入的新住宅，当时为了给一片难看的住宅区腾地，人们拆掉了那栋奇妙、古老的莱尔兴米勒府第。尽管如此，值得注意的是，在伊韦尔东的十二年中，他并不忍心放弃这套住宅，恰恰相反，每年都多次专程前往S城，就像他说的，为了检查一下一切是否都妥当。每当从这些通常只有两天的考察旅行回来，他总是心神极其消沉，然后用他那讨人喜欢的孩子气的方式对此表示后悔：他拒绝了我恳切地叫他不再前往S城的劝告，于是又吃了一次亏。

1　梅拉梅德（Melammed）原为希伯来语，在《圣经》中表示宗教老师或普遍意义上的教师，后特指儿童教师。

兰道夫人在另一次交谈时和我讲到，在邦利厄，保罗把好多时间都花在园艺劳动上，仿佛他除了这件事外，别的事都不喜欢。从萨兰莱班回来后，当我们决定他从此就在邦利厄住下，他立即请求我，是否可以让他照料这个相当荒芜的园圃。而保罗确实以一种令人称奇的方式，让花园改观。小树、鲜花、观叶植物和攀缘植物、遮阴的常春藤苗床、杜鹃花、玫瑰花、半灌木和灌木——万物都在生长，再也没有一寸荒地。兰道夫人说，只要天气允许，保罗每天下午都在园圃里忙活。有时他只是枯坐，向四周越来越多的绿色之中望去。那位给他做过白内障手术的医生曾建议他安安静静、专心致志地盯着摇动的叶片，说这样可以保护和恢复他的视力。当然了，兰道夫人说，在夜里保罗根本就不遵医嘱，灯总是亮到下半夜。他不断读书，读阿尔滕贝格、特拉克尔、维特根斯坦、弗里德尔，读哈森克莱菲、托勒尔、图霍尔斯基、克劳斯·曼，读奥西茨基、本雅明、库斯勒、茨威格。[1]

---

1 阿尔滕贝格（1859—1919），奥地利作家。特拉克尔（1887—1914），奥地利天才诗人。埃贡·弗里德尔（1878—1938），奥地利哲学家。哈森克莱菲（1890—1940），德国表现主义诗人、剧作家。托勒尔（1893—1939），德国表现主义戏剧双雄之一。图霍尔斯基（1890—1935），德国作家、政论家，被誉为“20世纪的海涅”。克劳斯·曼（1906—1949），德国小说家，父亲为托马斯·曼。奥西茨基（1889—1938），德国政论家，1935年在监狱里获得诺贝尔和平奖。阿瑟·库斯勒（1905—1983），英籍匈牙利作家，著有《正午的黑暗》。

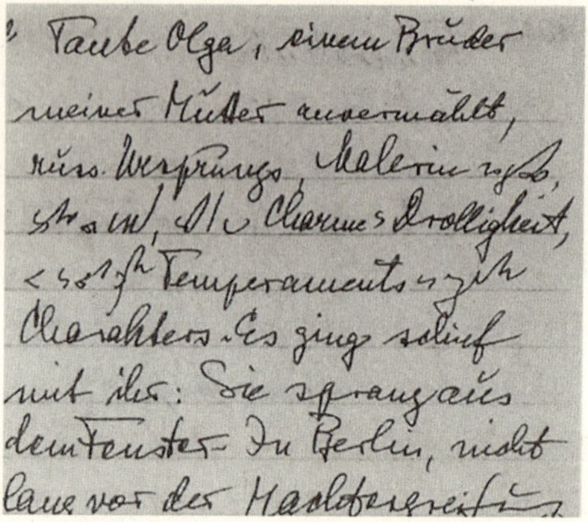

Tante Olga, einem Bruder
meiner Mutter anvermählt,
russ. Ursprungs, Malerin usw.,
[illegible], [illegible] Charme & Drolligkeit,
[illegible] Temperaments [illegible]
Charakters. Es ging schief
mit ihr: Sie sprang aus
dem Fenster in Berlin, nicht
lange vor der Machtergreifung.

这些作家几乎都是自杀身亡或濒临自杀。他摘录到笔记本上的段落很好地表明，对这些作家独特的生平，他是怀着多大的兴趣。他摘录了好几百页，大部分采用加倍尔斯贝格尔[1]速记法，要不然就来不及写下，其中一再地出现自杀的故事。这在我看来，兰道夫人说着把那些黑油布封面的本子交给我，好像保罗在这里搜集举证材料，随着调查的深入，证据越来越重的分量使他最终确信：他是被放逐者，而非S城的一员。

一九八二年初，保罗双眼的光景越来越糟。很快，他就只看得见残缺的或者破碎的图像。兰道夫人说，再也不能进行第二次手术，保罗镇定地忍受这一事实，他

1　加倍尔斯贝格尔（1789—1849），德文速记法创始人。

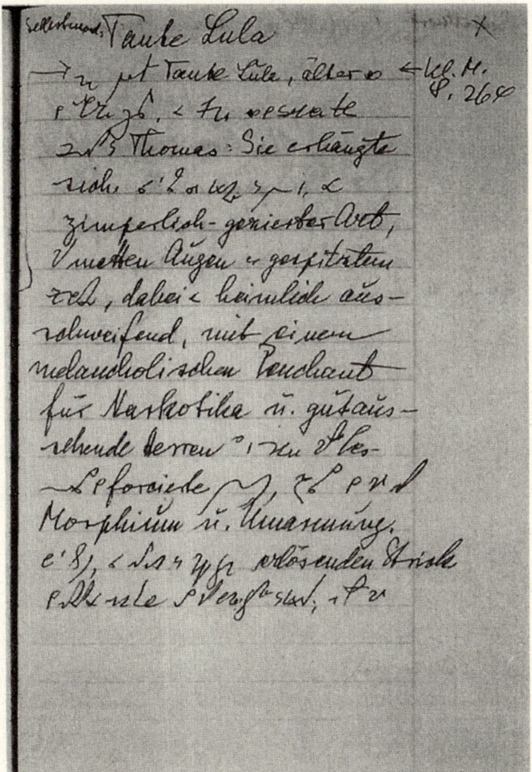

总是满怀极度感激之情，回顾伯尔尼手术给他带来光明的八年。只要想一想——在得到一个十分不利的预后诊断后，保罗立即对她说——自己还是个孩子时就遭到所谓的飞蚊症折磨，总担心掠过他视野的那些小黑斑和珠状图形不久就会使他失明，那么后来他的眼睛还能如

此长时间完好地服务于他，实在是令人惊异。确实——兰道夫人说——在那些日子里，保罗在谈到他所面临的鼠灰色（他的用词）前景时，整个举止极其镇静。他意识到自己正要进入的这个新世界虽然比自己迄今为止生活的世界要狭小一些，但他也相信它会给人一种舒适的感觉。兰道夫人说，当时我向保罗提出建议，我会给他朗读裴斯泰洛齐[1]的全部作品。他回答道，他愿意为此牺牲掉视力，他要我马上就开始朗读，也许最好从《一个隐居者的夜晚时光》开始。兰道夫人说，那是在秋天的某个时候，在朗读时，保罗毫无先兆地告诉我，他要放弃S城那套现在再也没有任何理由保留的住所。圣诞节后不久，我们为了这一目的专门前往S城。因为我压根还没去过这个新的德国，从一开始，我就带着某种不安的心情展望这次旅行。没有下雪，哪儿也见不着一点冬天已经到来的痕迹。当我们在S城下车，我觉得我们仿佛来到了世界的尽头，有一种令人毛骨悚然的预感：我最好还是马上调头回去。保罗的住所既冷又布满灰尘，全然是过去的样子。我们有两三天之久，在里面漫无目的地胡乱翻腾。第三天，一种对于这个季节来说完全是

1　裴斯泰洛齐（1746—1827），瑞士德语作家、教育家。《一个隐居者的夜晚时光》是他1780年的作品。

异乎寻常的燥热天气来临。冷杉林淹没在黑黢黢的山里，窗玻璃泛着铅灰色微光，黑云低垂，仿佛墨水顷刻间就会从中倒泄。我的太阳穴痛得要命，不得不躺到床上。我清楚地记得，当保罗给我的阿司匹林慢慢起作用时，在我眼皮后面有两个奇怪的、不祥的斑点，在暗中动来动去。我在黄昏时才又醒过来，在这样的一天，黄昏自然在三点左右就已开始了。保罗给我盖过被子，可是屋子里哪儿也见不到他人。我犹豫不决地站在门厅，发觉那件风衣不见了。保罗早上顺便谈到过，说它已经在衣帽架上挂了将近四十年。瞬间我明白了，他穿着这件风衣走了，我再也不会见到活着的他了。所以不久之后，当屋门的门铃响起，我是有一定思想准备的。只是这种死亡方式，这种我无法想象的结局，在一开始使我完全不知所措，尽管它像我很快就明白的那样，完全是合乎逻辑的一步。对保罗来说，铁道总是有一种深刻的含义——可能他认为它们通向死亡。行车路线、时刻表、整个铁路系统的物流，所有这一切对他而言，有时会成为一种执迷，就像他在S城的这套住所显示的。我依然可以看到他在空出来的北屋的一张木板桌上陈列的马克林牌火车模型，对我来说它正是保罗那场德国悲剧的象征和写照。听到兰道夫人这番话，我想起保罗过去常常在黑板上画的火车站、铁轨、信号楼、货仓和灯塔，我

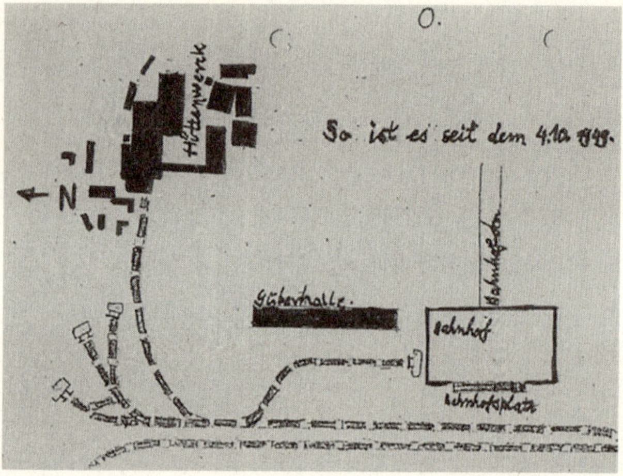

们必须尽可能精确地把它们画到我们的练习本上。我对兰道夫人说，当讲到这些关于铁路的课程时，很难意识到那正是一个人结束生命的方式。是啊，很难，兰道夫人说，我们确实不清楚。保罗在伊韦尔东度过的这些年，我一无所知，不知道保罗已然发现他的命运，可以说已经被系统而有条理地平铺在铁路上。只有一次，他间接地谈到他对铁路的痴迷，不过更像是在谈一桩早已成为过去的古怪的爱好。兰道夫人说，保罗当时跟我讲，他儿时在林道[1]待过一个暑假，每天从湖岸边看列车从陆地开到岛上，从岛上开到陆地。蓝天中的白色蒸汽云、从

1 位于博登湖东岸的岛上，靠近奥地利和瑞士。

打开的窗户向外挥手的旅游者、下面水中的倒影——这种每隔一段时间就重复出现的景色使他如此入迷，致使他整个假期都从未准时吃过午饭。对此，婶婶往往只好无可奈何地摇头，而叔叔说他会在铁路上了结。兰道夫人说，当保罗讲这个没有丝毫恶意的假日故事时，我不可能像现在这样予以重视，即便在当时，故事最后的转折显得阴森可怖。很可能是因为我对叔叔“在铁路上了结”的表达，没有立即按照那个众所周知的意思去理解，它给我的印象是一种隐晦的预言。这种由于我一时失去理解力引起的心神不安——如今我有时还觉得，我当时似乎真的看到了死神的模样——为时短暂，恰似一只飞鸟的影子，从我的头上掠过。

安布罗斯·阿德尔瓦尔特

我的玉米地种的不过是眼泪罢了

我对我舅公阿德尔瓦尔特几乎没什么印象。就我可以肯定的而言，我只见过他一次，那是在一九五一年夏。当时所有的美国人——舅父卡西米尔同莉娜和弗洛西、姨妈菲妮同特奥和两个双胞胎孩子、未婚姨妈特蕾斯，一连好几个星期到我们在W的家中做客，有时结伴而来，有时陆续而至。在这段时间，有一次就连来自肯普滕和莱希布鲁克的姻亲——众所周知，移民在异国他乡倾向于寻求自己的同类——都被邀请前来W待上几天。这次大约有六十人的家族团聚，使得我第一次，我相信也是最后一次，见到阿德尔瓦尔特。很自然，他一开始并不比别的亲戚给我的印象更深，当时我们家被客人们搅得乱哄哄，而且由于人们不断搬进搬出，整个村庄也乱哄哄。不过星期天下午坐在射击协会[1]的咖啡长桌旁，当他应邀作为可以说是移民和他们的先辈当中的最长者，对济济一堂的亲属讲话，在他站起身、用小勺敲打玻璃杯的一瞬间，我的注意力不可避免地转到他身上。阿德尔瓦尔特舅公个子不是特别高大，但气宇轩昂，使得所有在场者的自尊都得到证实和提升，就像从四周啧啧的赞许中可以推断出来的，尽管他们与舅公相比要逊色得多。这是我作为一个七岁孩子，同这些总是囿于自身幻觉的

1 射击节是德国一项非常古老的节日，各个州、城市和村庄都有射击协会。

成年人相反，立即就看出来的。舅公在长桌旁讲话的内容虽然再也想不起来，我却记得这一事实给我留下了深刻的印象：他毫不费劲地使用的德语全无我们本地方言的一丝痕迹，以及他运用的词和短语我充其量只能猜出是什么意思。在这次于我而言值得纪念的亮相之后，阿德尔瓦尔特舅公便从我的视野中永远消失不见了，第二天他乘邮政汽车前往伊门施塔特，再从那里乘火车去了瑞士。我甚至连想都没有想到过他。关于他两年后去世之事，更不用说那些与此有关的情况，在我整个童年时代一点儿也没有传到我耳朵里，很可能是因为特奥姨父的突然去世——他在有一天早上看报时中风——使菲妮姨妈连同两个双胞胎孩子陷入极其困难的境地。与这种状况相比，一个孤零零的、上了年纪的亲戚去世，就很难引起人们的重视了。再说，菲妮姨妈同阿德尔瓦尔特舅公关系密切，让她来告诉舅公的情况再合适不过，可现在，正如她所写的，为了勉强养活自己和两个孩子，她不得不没日没夜地工作，因此可以理解，她是第一个在夏天那几个月不再从美国来访的亲戚。卡西米尔也来得越来越少。只有特蕾斯姨妈基本上还定期到来：首先，因为作为未婚之人，她没什么牵累；其次，因为她一生都在害无法遏制的思乡病。她每次都来三个星期了，还会由于久别重逢高兴得眼泪纵横，而在出发前三个星期，也会由于依依惜别而痛哭流涕。如果她在我们这儿待的时间超过六个星期，那么中间就会有一段大多用做手工活来打发的平静时期；但如果少于六个星期，那我们便真的拿不准她之所以哭成泪人，是因为她终于又可以回到家里，还是因为她已经在害怕又要离去。她最后一次来访是一场名副其实的灾难。在喝早餐咖啡和用晚餐时，在田野散步和购买她最钟爱的胡梅尔儿童肖像[1]时，在填字谜和往窗外看时，她都在暗自哭泣。当我们乘施雷克出租汽车公司的新欧宝"船长"车把她送到慕尼黑，肯普滕与考夫博伊伦之间以及考夫博伊伦与布赫洛泽之间的林荫道树木在晨曦中从旁飞驰而去，她坐在后座我们这些孩子之间泪流满面。后来，在她拎着帽盒走过里姆机场，向银色飞机走去时，我从观景阳台往外看，看见她忍不住不时啜泣，然后用她的手帕擦眼泪。她没有再回头看一看，便登上舷梯，穿过阴暗的洞口，消失——可以说，是永远消失在飞机的机舱里。有一阵子，我们还能收到她每周一封的来信（她总以这些话开头：我老家的爱人！你们的情况到底怎么样？我很好！），但是后来，我从定期给我随信附寄的美元钞票没有到达这件事

1 胡梅尔（1909—1946），德国画家，她所画的儿童肖像印在明信片上大受欢迎。

看出，这种丝毫不差地坚持了差不多三十几年的通信中断了。在狂欢节期间，母亲只好让人把讣告登到报纸的广告页上。讣告这样写道：我们亲爱的姐姐、小姨子和姨妈在短期重病后，于纽约与世长辞。借此机会——如果可以这样讲的话——又再次谈到特奥姨父的英年早逝，但我记得很清楚，并没有谈到同样在几年前才去世的阿德尔瓦尔特舅公。

我们的亲戚们的夏季探望，很可能就是我在未成年时怀着的总有一天我也会移居美国这一想法的最初缘由。然而，对我的美国梦来说，更为重要的是驻扎本地的占领军所展示的另外一种日常生活。占领军的公共道德被本地人认为有失一个战胜国的体面，这一点可以从那些有时用手掩着嘴轻声说，有时扯开嗓子大声说出的评论中听出来。他们任被征用的房屋变得破败，阳台上没有鲜花，窗户上装的是防蝇细网而不是窗帘。女人们穿着内裤走来走去，把沾上口红的烟蒂直接抛到大街上。男人们把双脚放在桌子上。孩子们则把自行车扔在花园里过夜。至于对那些黑人有何看法，没人知道。正是这些负面评论在当时增强了我对这个我唯一知道的外国的憧憬。先是在没完没了的课时当中，然后是在暮色中，我想象着我那绚烂多彩的美国前景的每一个细节。在这个想象中的美国化阶段，我时而骑马，时而坐在深褐色的奥兹莫比尔汽车里，走遍合众国的四面八方。这一阶段在我十六到十七周岁之间达到顶峰，当时我试图按照海明威式英雄的心理状态和身体姿势来培养自己。出于可以想见的种种原因，这个模仿计划从一开始就注定要失败。以后，我那些美国梦便逐渐烟消云散，一旦消失殆尽之后，很快便让位给一种对所有关于美国的东西都感到厌恶的情绪。这种情绪在我上大学期间就已深埋我心，以至于我很快就感到，没有什么比我在不受强迫的情况下去美国旅行这种想法更荒唐的了。尽管如此，我最后还是飞到了纽瓦克，在一九八一年元月二日。这次改变主意的诱因是一本在几个月前被我偶然发现的母亲的相册，其中有一些我完全没见过的我们那些在魏玛时期移居国外的亲戚的照片。我端详这些照片的时间越久，心中就越开始渴望去设法打听更多有关照片上那些人的生活。譬如下面这张照片是在一九三九年三月的布朗克斯拍摄的。最左边是莉娜，坐在卡西米尔身旁，最右边是特蕾斯姨妈。除了戴眼镜的那个小女孩，别的那些坐在长沙发上的人我都不认识。这个小孩就是弗洛西，她后来成了亚利桑那州图森市的一名秘书，五十多岁时还学会了肚皮舞。墙上那幅油画画的就是我们的故乡 W 村。就我所能查清的情况来看，此画已被视为失佚。卡西米尔舅父把它作为他父母的一件送别礼物卷在一个纸板卷

筒里带到纽约，就连他都不知道它会去了哪。

这样，我就在元月二日那天——那是阴暗、绝望的一天——从纽瓦克机场出发，沿着新泽西州高速公路驱车往南，向莱克赫斯特方向驶去。菲妮姨妈和卡西米尔舅父连同莉娜在七十年代中期从马马罗内克，或者说得更确切些，从布朗克斯搬出来之后，在那里一个坐落在蓝莓林中的所谓退休社区，买了一栋有凉台的平房。就在机场外面，我差一点偏离道路，当我看见在一座真正的大垃圾山的上方，一架大型喷气式客机像遥远史前时代的怪兽一样，慢慢腾腾地飞向空中。它后面拖着一道深灰色的烟幕，有一瞬间让我感到，好像在张开它的翅膀。

然后车向一片平原驶去，沿着整条花园州[1]大道，别的什么都见不着，除了畸形的树木、欧石楠丛生的旷野和一些被居民废弃的、有一部分用木板钉上的木屋，木屋四周是一些摇摇欲坠的饲养场和茅屋。卡西米尔舅父后来告诉我，这些地方直至战后时期养了几百万只母鸡，这些母鸡为纽约市场生了难以想象的好几百万只蛋，直到养鸡的新方法使这种生意无利可图，那些小农连同他们的家禽一起消失不见。夜幕降临后不久，我经过一条离干道几英里远、穿过沼泽地之类的侧路，到达被称为锡达格伦西的老年人居住区。尽管这个社区范围很大，并且那些平层共管公寓相互之间几乎无法区别，此外，在每个屋前小花园里都站着一个差不多是同样由内往外发出亮光的圣诞老人，我还是毫不费力就找到了菲妮姨妈的家，因为在锡达格伦西，一切都是严格按照几何学原理来安排的。

菲妮姨妈为我做了施瓦本饺子。她坐在桌旁，一次又一次地要我吃饺子，可她就像通常那些老太太一样，每当她们为一个前来做客的晚辈亲戚做菜时，自己却什么也不吃。姨妈讲述过去的事情，不时用手遮住几个星

1　指美国新泽西州。花园州大道指在 1946 年和 1957 年之间由新泽西州修建的一条高速公路。

期以来受到严重神经痛折磨的左半边脸，擦干那些既可能是由于疼痛，也可能是由于回忆夺眶而出的眼泪。她给我讲特奥死得不是时候的故事，讲他死后那些年她往往每天都要工作十六个小时，甚至更久。她讲到特蕾斯姨妈，在去世前几个月她就已经像一个异乡人那样走来走去。有时，在夏日的阳光下，她像一个虔诚的教徒那样，戴着白帆布手套。很多年来，她由于湿疹必须戴这种手套。菲妮姨妈说，特蕾斯也许真的就是一个圣徒。她在自己的一生中无论如何是受够了苦。还是一个小学生时，讲授基督教教义的教师就对她说，她太容易动不动就放声大哭。仔细想想，她确实是在持续不断地哭泣。她从未见到她手里不拿着一条湿手绢的时候。你知道，她甚至把她挣来的以及她作为百万富翁瓦勒施泰因一家的看管人所获得的一切都送了人。这个特蕾斯死时真的——就像我坐在这儿一样真实，菲妮姨妈说——是一个穷女人。虽然卡西米尔，尤其莉娜有过怀疑，但她确实只留下她那将近上百件胡梅尔儿童肖像收藏品，以及那个固然豪华的衣柜和大量的人造宝石，全部加起来，刚够付清安葬费。

在我们翻看她的相册时，菲妮姨妈说，特蕾斯、卡西米尔和我在二十年代末就从W出发，移居海外。一九二七年九月六日在不来梅港，我同特蕾斯先乘船。

那时她二十三岁，我二十一岁，我俩都有一顶用带系在下颚的兜帽。卡西米尔则是随后于一九二九年夏，在那个黑色星期五[1]之前的几个星期从汉堡出发。他这个满师的白铁工像我这个小学教师或者像女裁缝特蕾斯一样，很难找到工作。我是在前一年从韦滕豪森学院毕的业，

1 黑色星期五指在一个星期五发生的交易所行情暴跌，引发世界经济危机。第一个黑色星期五是 1873 年 5 月 9 日。第二次世界经济危机则相反，并非在星期五，而是在星期二，即在 1929 年 10 月 24 日爆发。

然后从一九二六年秋天起，在 W 小学当没有薪酬的临时代课教师。这儿是一张我们当时去法尔肯施泰因郊游的照片。学生们全都站在汽车后面的装货区上，而我则同很早就参加纳粹党的教师富克斯路格尔坐在驾驶室里，挨着车主阿德勒维尔特·贝内迪克特·塔恩海梅尔。在最后面，头上有一个小十字的那个女孩，就是你母亲罗莎。菲妮姨妈说，我记得，几个月后，在我乘船前两天，我同她一起乘车前往克洛斯特瓦尔德，把她送进寄宿学校。我认为，由于在她离开家的同时，她的姐姐们又漂洋去了海外，她当时一定焦虑得要命，因为圣诞节她给我们寄了一封信到纽约来，信中写道，要是夜间躺在大寝室里，她就会感到害怕。我试图安慰她，说她到底还有卡西米尔呀，可是后来，在罗莎刚满十五岁时，就连卡西米尔也来美国了。事情往往就这样一件接一件地发生，菲妮姨妈若有所思地说，过了片刻又继续往下讲道：特蕾斯和我到达纽约时，情况不管怎样要好一些。母亲的兄弟阿德尔瓦尔特舅舅在一战前就已经来了美国。从那以后，他只在名门望族家中任职。由于拥有各种各样的关系，他马上就帮我们找到了工作：我成了华盛顿港泽里格曼家的家庭女教师，而特蕾斯则给与她年龄差不多的瓦勒施泰因夫人当贴身女仆。瓦勒施泰因夫人的丈夫出生于乌尔姆地区，凭着许多啤酒酿造技术专利，在短期内就获得了一笔可观的财富，而且其财富随着岁月推移在不断增长。

好像现在就要开始讲述一个迥然不同的、有意义得多的故事似的，菲妮姨妈说：你可能再也记不起来的阿德尔瓦尔特舅舅是一个罕见的、高贵的人。他于一八八六年出生在肯普滕附近的科普雷西茨，是八个孩子当中最小的，而且唯一的男孩。他的母亲很可能死于过度疲劳，当时取名为安布罗斯的阿德尔瓦尔特舅舅还不到两岁。在那以后，那时肯定不超过十七岁的大女儿克雷斯岑茨便操持家务，尽可能地扮演母亲的角色；而作为客栈老板的父亲除了和客人们待在一起，什么也不会做。安布罗斯像其他姐姐一样，很早就得帮岑茨的忙，他五岁时就同比他大不了多少的米妮一起，被派到伊门施塔特的周集市，卖他们在前一天采集的鸡油菌和蔓越橘。菲妮姨妈说，她从米妮的叙述中得知，到了秋天，阿德尔瓦尔特家这两个最小的孩子有时好几个星期别的什么都不做，就只是把野蔷薇果实一篮一篮地搬回家。他们会把所有果实一个一个地切成片，用匙尖把毛茸茸的核挑出，然后把红色果皮在一个洗衣服的大木盆里放几天，吸收空气中的水分，再用压榨机把果皮的水分压干。菲妮姨妈说，如果我们如今想起安布罗斯是在什么样的环境中长大，那必然会得出这样的结论：他从未有过像童年这样的东西。他十三岁就离开家前往林道，在那里的巴伐利亚饭店当炊事员，直到凑够去瑞士法语区的火车票钱，他有一次在戈普雷希茨的客栈里，听到一个旅行经过此地的钟表匠满怀热情地谈到那个地区的美。菲妮姨妈说，为什么，我也不知道，但在我的想象中，我总是看到安布罗斯从林道出发，在月光下乘汽船横渡博登湖，尽管这一幕绝非现实。有一件事是可以肯定的：当时充其量只有十四岁的安布罗斯在最终离开他的祖国之后没几天——很可能是由于他那非常讨喜却又自我克制的性格——就已经在蒙特勒的伊甸园大饭店被录用，担任楼层值班见习侍者了。菲妮姨妈说，至少我认为是伊甸园大饭店，因为在阿德尔瓦尔特舅舅留下来的一本明信片簿里，这家世界著名的饭店连同它那些防午后阳

光照射而放下的遮阳板，立刻就可以在最初几页当中的一页上看到。把明信片簿从卧室抽屉里取出来，在我面前打开后，菲妮姨妈继续往下说，安布罗斯在见习期间，不仅获悉了饭店生存的全部秘密，还把法语学得非常棒，或者说得更确切些，他吸收了它；因为他具有特别的才华，看似不费吹灰之力，就能在没有任何教具的情况下，在一两年之内掌握一门外语，就像他有一次给我解释的，只需通过内在自我的某些调整。除了一口熟练的纽约英语，他还讲一口优雅的法语，而最令我惊奇的是，还讲一口庄严的、肯定不是源于戈普雷希茨的德语。此外——菲妮姨妈还记得——有一次我偶然发现，他还能讲一口蛮不错的日语，当时我们一起在萨克斯购物，他在那里可以说成了一个不会英语、陷入某种不受欢迎境地的日本绅士的救星。

安布罗斯在瑞士满师之后，便怀揣成绩优秀的推荐信和证书前往伦敦，于一九〇五年秋在河滨的萨伏伊饭店又一次担任楼层侍者。在伦敦期间，出现了和一位上海女士的神秘插曲。关于这位女士，我只知道她喜欢棕色羊羔皮手套，因为尽管阿德尔瓦尔特舅舅后来确实偶尔提及过同这位女士交往时遇到的麻烦（有一次他说，她是我悲哀生涯的开端），我却从未弄清事情的真相。我设想，这位来自上海的女士——我总是把她同马塔·哈里联系起来，这无疑很荒谬——当时经常在萨伏伊饭店下榻，而大约二十岁的安布罗斯由于职业的缘故——如果可以这样说的话——同她有联系，这就跟他同日本公使馆那位参赞的联系一样。一九〇七年，要是我没记错的话，他陪这位先生旅行，乘轮船和火车经哥本哈根、里加、圣彼得堡、莫斯科，横穿西伯利亚，抵达日本。这位单身绅士在京都附近有一个奇妙的水上之家。安布罗斯既作为参赞的贴身男仆，又作为他的客人，在这座漂在水上、几乎是空荡荡的房屋里度过了差不多两年。据我所知，他感到自己待在那里，比在之前任何别的地方都更舒适。菲妮姨妈说，在马马罗内克，阿德尔瓦尔特舅舅有一次给我讲他在日本时候的事，讲了整整一下午。可我不再记得准确的内容。我想，聊到了纸墙，聊

到了射箭，而谈得比较多的是常绿的月桂树、桃金娘和野山茶。我还想起一棵很可能容得下十五个人住在里面的老香樟树，想起一个斩首的故事，想起日本布谷鸟的叫声——菲妮姨妈说着说着，几乎已经闭上了眼睛——他能够模仿得惟妙惟肖。

待在锡达格伦西的第二天，在用过咖啡早餐之后，我便去卡西米尔舅父那里。当我同他坐到厨房的桌子旁，时间将近十点半。莉娜已经在厨房忙着张罗。舅父取出两只玻璃杯，倒进我带去的龙胆酒。过了一会儿之后，当我把谈话转到移居国外这一话题，他开始这样说，在当时，像我们这样的人在德国是没有机会的。我在阿尔滕施塔特学白铁工满师后，只找到过一份工作，那是在一九二八年，当时奥格斯堡犹太会堂要做一个新的铜板屋顶。在一战期间，奥格斯堡的犹太人为了支援战争捐赠了旧的铜屋顶。后来，只是到一九二八年，他们才凑齐建造一个新屋顶所需的款项。这个就是我，卡西米尔舅父边说，边从墙上取下一幅明信片大小的加框照片，从桌上给我推过来，从你那儿看是最右边。可是在这项工作之后，又有好几个星期无所事事。我有一个名叫沃尔法尔特·约瑟夫的同事，他在铜屋顶上工作时还满怀信心，后来却出于绝望上吊自杀。菲妮从新家乡写来的当然都是些令人兴奋的信，所以，如果说我终于下定决心效仿姐姐们前往美国的话，那是毫不奇怪的。我对坐火车穿越德国的旅行再也记不得了，除了因为我对一切

都感到陌生和不可理解——我们经过的乡村、巨大的火车站大厅和城市、莱茵兰和北方辽阔的平原——可能主要还是因为我之前从未走出过阿尔高和莱希菲尔德。但我依然能格外清晰地看到不来梅港北德意志劳埃德船舶公司的大厅在我的面前。那些没什么钱的乘客正在等着乘船。我特别清楚地记得那些移民们五花八门的头饰，有兜帽和便帽、冬天的防寒帽和夏天的凉帽、披巾和方头巾，此外还有海运公司工作人员和海关人员的制服帽、中间人和代理人磨得发光的圆顶硬礼帽。四周墙上挂着属于劳埃德船队的一些远洋轮船的巨幅油画。每艘船都从左后方向右前方全速行驶地劈开一条路，其船头在波涛汹涌的海面上昂首挺立，传递出一种不可阻挡地往前推进的气势。在那道我们最后必须走出去的门上方，安着一座标有罗马数字的圆形钟。钟上方是用装饰性字母写的格言：**我的领域就是这个世界**。莉娜舅妈将煮熟的马铃薯通过压榨机压到一个撒上面粉的面板上，卡西米尔舅父在倒龙胆酒，继续讲述他那次横渡大洋时从二月风暴正中穿过的情形。他说，真叫人提心吊胆，波浪从深处卷起，然后又滚回原处。我还是孩子时便常常感到心惊肉跳，当我们在冰封的青蛙塘上观看溜石游戏，我会突然想到在脚下的黑暗。而现在，周围只有黑乎乎的水，天天如此，而船却使人感到，好像老在原地未动。我的旅伴们绝大多数都晕船。他们要么带着呆滞的目光，要么半闭双眼精疲力竭地躺在自己的床上。其他人不是蹲坐在地上，好几个钟头靠墙站着，就是像梦游者一样在过道上摇摇晃晃地四处闲荡。就连我也有八天都感到很难受。在经过纽约湾海峡驶进上湾时，我才又感到舒服一点。我坐在甲板的一张长椅上。船已经慢下来。我感到额头上有一阵轻微的海风。我们逐渐接近海滩，我们面前的曼哈顿从被朝阳穿透的雾中生长出来，越长越高。

在岸上等待的姐姐们看来以后没法再继续对我有多大的帮助，就连阿德尔瓦尔特舅舅都不知道该把我安置在哪，很可能是因为我既不适合当园丁，也不适合当厨师或勤杂工。第二天，我在纽约下东区贝阿德街的丽萨·利特瓦克太太那里，租到一间通向狭窄的采光井的后屋。利特瓦克太太的丈夫一年前去世，她成天都在烹饪和打扫，要是没有烹饪或打扫，那她就在做纸花，或者连续数夜地缝制衣物，不是为了她的孩子们，就是为了别的人，或者供应给企业。有时她会在自动钢琴上，弹一些非常悦耳动听的歌曲，这些歌曲似乎在某个地方听过。直到第一次世界大战，鲍厄里街和整个纽约下东区都是主要的移民区。每年有十多万犹太人来到这儿，搬进这些既狭窄又无光线的六七层出租楼群。所谓的客厅面朝街道，只是一个有两扇窗户的房间，消防梯就从其中一扇窗外经过。秋天，犹太人会在这些消防梯平台上搭建苏克棚[1]。到了夏天，大街上的暑热往往几个星期不退，而室内又热得再也无法忍受，便有成百上千的人睡在那外面通风的高处。他们也睡在屋顶和人行道上，睡在德兰西大街中间围上篱笆的小草坪和西沃德公园里。整个纽约东南区就成了一个无比巨大的集体宿舍。[2]但那时候移民们都满怀希望，就连我于一九二八年二月底开始去找工作时，也绝没有垂头丧气。一个星期不到我就已经上班了，在离布鲁克林大桥引桥不远处的塞克勒－玛加蕾滕苏打和人造矿泉水厂。我在那里用不锈钢制作各种尺寸的锅和炊具。老塞克勒是一个来自布尔诺的犹太人（至于玛加蕾滕是谁，我从未弄清），他把这些产品的绝大部分作为“炊事设备”卖给非法酿酒厂。对于这些厂商而言，重要的不是要价多少，而是交易要尽可能小心谨慎。塞克勒出于某种原因特别偏爱我，他把出售这些钢材制品和其他那些用于蒸馏的重要器具称作一种副业，按照他的说法，这种副业完全可以肯定没有依靠工厂的帮助，是在苏打和人造矿泉水厂的主干或者基础上自己生发出来的，因此他不忍心不管三七二十一

1　犹太人在庆祝住棚节期间住的临时棚屋。

2　本篇仿宋部分，如无说明，原文为英语。

就把它剪掉。塞克勒对我的工作赞不绝口，但就是不愿意花钱，付的工资很少。他说过，在我这儿你至少开了一个头。后来有一次，那是在逾越节之后几个星期，他把我叫到他的办公室，背靠沙发椅对我说：你不恐高吧？如果不的话，你可以去新成立的叶史瓦学院，在那里，他们需要你这样的白铁工。他马上给了我地址——

第一百八十七街西五百号，阿姆斯特丹大街拐角处。第二天我已站在塔楼顶上，就像从前在奥格斯堡犹太会堂，只是要高得多，帮着把差不多六米宽的铜带，锻接到一座看起来像火车站和东方宫殿杂交而成的建筑物的圆屋顶上。之后，我在摩天大楼顶部区域还有很多事情可做。尽管经济萧条，直到三十年代初，纽约一直在建摩天大楼。我为通用电气大楼安装过圆形铜片尖屋顶。一九二九年至一九三〇年，我有一年之久在克莱斯勒大楼的尖顶上安装薄钢板，由于楼顶呈圆形和倾斜状态，施工难度高得无法想象。当然，我也由于在离地两三百米高的地方爬上爬下挣了好多钱。可是钱来得多，去得也多。后来，我在中央公园滑冰时把手腕弄折了，直到一九三四年都没有工作，然后我们搬到布朗克斯，这种悬空的生活也就告终了。

午饭后，我感到卡西米尔舅舅显而易见地变得心神不宁，他在屋内走来走去，最后说道：我得从屋里出去！对此，正在洗碗的莉娜舅妈回敬道：真是驾车出行的好天啊！在外面，人们确实可以认为现在已经是夜晚了，天色这样墨黑，天幕这样低垂。大街上空无一人。很少有另外的车迎面而来。到大西洋边的这段路程不足二十英里，我们却花去几乎一个小时，因为卡西米尔舅舅车开得很慢，我还从未见过有人在空旷路段车开得这么慢。

他斜坐在方向盘后面，一边用左手操纵方向盘，一边讲国家禁酒令黄金时代的那些故事。他只是偶尔才向前瞟一眼，确定我们还在正确的车道上。他说，那些意大利人做了大部分生意。他们沿着整个海滨，在像莱昂纳多、大西洋高地、小西尔弗、海洋园林、海王星城、贝尔马和科莫湖这些地区，为他们的家人建造夏宫，为他们的女人建造别墅，通常还会建一座教堂，为一位神父建一座小房子。舅舅把车速放得更慢，把车窗放下来。他说，这是汤姆斯河，冬天这儿没有一个人。在港口，帆船就像吓坏了的牧群，密密麻麻挤在一起，帆具啪嗒啪嗒作响。在一家形似胡椒蜂蜜饼的咖啡店屋顶上，蹲着几只海鸥。杂货铺、比萨店和汉堡店都已关门，就连那些住宅都已锁上大门，放下护窗板。风把沙吹过车行道，吹到人行道上。舅舅说，城里到处都是风吹积成的沙丘。如果不是夏天一再有人来，很可能几年之内这里的一切都会被埋葬。公路沿着汤姆斯河往下延伸，直到巴内格特湾，然后经过鹈鹕岛，到达新泽西海岸对面有五十英里长、哪儿也不到一英里宽的沙嘴。我们停好车，一起沿着海滩，背着凛冽的东北风走。很可惜，对安布罗斯·阿德尔瓦尔特的情况我知道得不多，卡西米尔舅舅说。我到纽约时，他已经四十多岁，最初那段时间以及后来，我每年往往也只不过见他一两次。至于他那具有传奇色彩的过

去，当然有一些谣传的成分，但我可以肯定，安布罗斯是所罗门家的大管家和司膳总管。所罗门家族在长岛顶端的罗基波因特有一块很大的、三面环水的地产，同泽利希曼家族、洛布家族、库恩家族、施派尔家族和沃尔姆塞尔家族一起，是纽约最富有的犹太银行家家族。安布罗斯在成为所罗门家族的司膳总管前，是小他几岁的所罗门家公子科斯莫的贴身男仆和旅伴。在纽约上流社会，科斯莫以挥霍无度和连续不断的放荡行为著称。譬如，据说他有一次试图在棕榈滩浪花酒店的门厅里骑马上楼梯。不过这类故事我也只是道听途说。菲妮最后成了安布罗斯的一位知心朋友，偶尔会对安布罗斯与科斯莫之间的悲剧有所暗示。据我所知，这位青年所罗门确实是在二十年代中期死于某种精神病。至于阿德尔瓦尔特舅舅，我只能说，他总是引起我的同情，因为他这一辈子都不会让任何事情把自己弄得心慌意乱。卡西米尔舅舅说，每个人都不难看出他是另一类人，即使亲戚们往往对这一事实予以忽略或掩饰，要不就是有部分人也许从未意识到。在我看来，阿德尔瓦尔特舅舅年纪越大，也就越近于被掏空。我最后一次见到他是在马马罗内克，在那座所罗门家族送给他的陈设十分讲究的房子里，他好像只是被他那身衣服裹在了一起。像我之前说的，是菲妮照料他到临终。她可以更详细地给你讲述所发生的事。卡西米尔舅舅停下脚步，望着大海。他说，那是黑暗的边缘。确实给人这样的印象，仿佛大陆在我们背后沉下去，仿佛除了这一小片向北翘起、向南垂下的狭长沙滩，再也没有任何东西会从这片汪洋中冒出来。卡西

米尔舅舅说：我经常到这儿来，这让我感觉到自己远远离去了，尽管我从来就不清楚远离了何处。然后，他从他那大方格纹外套中取出一部相机，拍下这张照片。两年后，很可能是在整个胶卷终于拍完后，他把照片洗出来连同他那块金怀表一起寄给我。

当我傍晚再次踏进菲妮姨妈的起居室，她正坐在黑乎乎的起居室里那张靠背椅上。只有街灯的反光落到她脸上。她说，风湿病减轻了，疼痛差不多已经消失。我最初认为，我只不过是自以为病情在好转，好转得那么慢。在我确实几乎不再感到疼痛时，我又想：要是你现在活动一下，那又会痛起来。因此我在这儿已经坐了整整一下午。我不知道在这期间我是否睡着了。我以为我大部分时间都沉浸在思绪里。姨妈打开小阅读灯，但继续闭上双眼。我去到厨房，给她煮两个溏心蛋，烤白面包，泡薄荷茶。在我端着这些东西回到起居室后，我又谈起阿德尔瓦尔特舅公。菲妮姨妈一边把白面包卷浸进煮鸡蛋中，一边说，安布罗斯在到达美国之后大约两年，便去长岛的所罗门家中任职。至于那位日本公使馆的参赞后来怎么了，我不记得了。不管怎样，舅舅在所罗门家很快就晋升了。老萨穆埃尔·所罗门对他在所有事情当中都万无一失的可靠性印象非常深刻，在短得令人惊奇的时间内，就让舅舅作为私人侍从去看顾他的儿子，因为他相信儿子的前程极其危险，这并非没有理由。我再也没法结识的这位科斯莫·所罗门确实有些古怪。他很有天赋，中断了很有前途的工程学院学业，要亲自在哈肯萨克的旧厂房里制造飞行器。与此同时，他当然也经常待在诸如萨拉托加斯普林斯和棕榈滩这些地方，一方面因为他是一位杰出的马球运动员，另一方面，是因为他在诸如“浪花”、波恩西阿纳或者美国雅达菲这些豪华饭店能够一掷千金。阿德尔瓦尔特舅舅有一次给我讲，当时在他看来，后一方面显然是主要的。老所罗门为儿子的放荡不羁忧心忡忡，认为这是毫无前途的生活，当他试图削减那些实际上是无限度的生活费时，科斯莫突发奇想，要在夏季的那几个月，去欧洲赌场开辟一个可以说是永不枯竭的财源。一九一一年六月，他同安布罗斯这个朋友兼向导第一次去欧洲，很快就在日内瓦湖畔的埃维昂，接着又在蒙特卡洛的施密特赌场，赢了大把大把的钞票。阿德尔瓦尔特舅舅有一次给我讲，科斯莫在玩轮盘赌时经常处于心不在焉的状态。安布罗斯开初认为他是在专注于概率计算，直到后来科斯莫告诉他，他实际上是以一种出神的方式，试图从通常难以穿透的迷雾中，认出只在一刹那间出现的正确数字，然后便毫不犹豫地，虽然还在恍惚中，确定全部押一个还是同时

押俩。科斯莫声称，这种从正常生活中完全抽离的状态是危险的，而安布罗斯的任务就是像照管一个睡觉的孩子般照管他。菲妮姨妈说，我当然不知道在那里究竟发生了什么事，不过可以肯定的是，他们俩在埃维昂和蒙特卡洛赢了很多钱，数量之多，使科斯莫能够从默尔特德语区那个法国实业家手中买下一架飞机。八月，他驾着这架飞机在多维尔参加为期两周的塞纳湾飞行活动，而且绝对是飞了多个到那时为止最冒险的“8”字形。就连一九一二年和一九一三年夏天，科斯莫也同安布罗斯待在多维尔。在那里，社交界的想象力很快就大显身手，为此作出贡献的不只是他在轮盘赌中令人惊讶的幸运和马球场上杂技演员般的勇气，而首先肯定是这样的事实：他拒绝了参加茶会、晚餐以及诸如此类活动的所有邀请，除了他平等待之的安布罗斯，他从未与别的人一起外出或者一道用餐。菲妮姨妈说，顺便提一下，在阿德尔瓦尔特舅舅的明信片簿里，有一张照片上可以看见科斯莫，在克莱枫丹赛马场的一次很可能是为慈善事业募捐的比赛后，由一位高贵的女士——要是我没记错的话，是德·菲茨雅姆伯爵夫人——授予他奖金。这是我所拥有的唯一一张科斯莫·所罗门的照片。安布罗斯也只留下为数不多的几张照片，很可能是因为他像科斯莫一样，尽管善于交际，却非常怕见生人。一九一三年夏天——菲妮姨妈继续往下说——多维尔开了一家新赌场。开张的第一个星期，在这家赌场马上就出现如此疯狂的赌瘾，以致所有的轮盘赌桌和纸牌赌桌，甚至连所谓的

转马赌博，都不断地被狂热的赌徒占据和团团围着。据说这场歇斯底里是由一个名叫马尔泰·昂奥的著名女赌徒幕后操纵，菲妮姨妈说，我记得很清楚，阿德尔瓦尔特舅舅有一次把她称作声名狼藉的海盗，她在若干年之前成为赌场管理者的眼中钉，现在她又受其委托并为了他们的利益，把那些赌徒哄诱到赌桌边。除了马尔泰·昂奥的那些阴谋诡计，按照阿德尔瓦尔特舅舅的看法，正是那种由于新赌场引人注目的豪华而彻底改变的、过度兴奋的气氛，使得多维尔银行的收入在一九一三年夏天以一种闻所未闻的方式增长。至于一九一三年夏天的科斯莫，比起前几年，更多地从不断蔓延的社会动乱中脱身，只是深夜时才在拉库维特赌场的内部密室里赌。那种私人房间只有身穿男式黑礼服的先生们才被允许进入，正如阿德尔瓦尔特舅舅所说，那里总是笼罩着一种十分不祥的气氛——菲妮姨妈说，这也不足为奇，如果考虑到在那里，往往短短几个小时之内，全部财产、家当、不动产和毕生所得都被挥霍一空。那个夏季一开头，科斯莫的运气经常是时好时坏，可是夏季快要结束时，他的运气甚至超过了他自己的预期。他半闭双眼，一次又一次地赢钱，只在安布罗斯给他带来一碗清炖肉汤或者一杯法式咖啡时，才暂停一下。菲妮姨妈说，阿德尔瓦尔特舅舅这样给她讲，连续两个晚上，那家被科斯莫掏空的银行必须派密使弄来更多的钱，然后第三个晚上，科斯莫再次让那家银行破产。他赢得如此之多，致使安布罗斯直到天明都在忙着数钱、把钱码放在一只远洋旅行箱内。在多维尔那个夏天后，科斯莫和安布罗斯经巴黎和威尼斯，前往君士坦丁堡和耶路撒冷。菲妮姨妈说，可是关于这次旅游的情况我却没法给你讲清楚，因为阿德尔瓦尔特舅舅对与此有关的问题从未回应。但有一张他在耶路撒冷穿阿拉伯服装的肖像照。菲妮姨妈说，此外，我还有一种类似日记的东西，这是安布罗斯当时写的，字极小。在我好长一段时间把它忘得一干二净之后，说也奇怪，我最近才去努力辨认那些字。我的视力不行，除个别字，别的都没法猜出来。也许以后你不妨试一试。

在我待在锡达格伦西的最后一天，菲妮姨妈给我讲述了科斯莫·所罗门的结局和阿德尔瓦尔特舅舅后来那些年的情况。她讲述时多次长时间中断，常常似乎在发愣和陷于迷惘。这两个周游世界的人从圣地[1]归来不久——菲妮姨妈这样说——欧洲就爆发了战争。战争蔓延的范围越大，我们知道它造成破坏的程度越重，科斯莫要再过上那种几乎一成不变的美国生活的希望就越小。对于他过去的朋友圈子来说，他成了一个陌生人，他放

---

1 指耶路撒冷。

弃了纽约城的公寓，甚至离开了长岛上的房子，很快完全退回到自己的临时住处，而最终退回到一座偏僻的、有小花园的房子——所谓消夏别墅。菲妮说，她有一次听所罗门家的一个老园丁说，那时候科斯莫白天往往郁郁寡欢，夜里则在没有暖气的消夏别墅里轻声哀叹着走来走去。据说偶尔万分激动时，他还会用某种方式将与军事有关联的词相互串在一起，在说出这样一些军事用语时，他一再用手拍自己的额头，好像是在对自己的理解迟钝生气，或者是要把说过的话都永远熟记在心。在此期间，他一再失去自制，甚至到了连安布罗斯都认不出来的地步。然而他声称他能在自己的脑子里清楚地看见欧洲发生的事，看见在阳光下，在旷野上的燃烧、死亡和腐烂。有一次他看见正在跑过战壕的那些老鼠，甚至用一根短棒去打。随着战争结束，科斯莫的状况暂时好转。他重新开始设计飞机，为缅因海岸的一座塔式高楼绘制设计图，又开始拉大提琴，研究航海图和地图，同安布罗斯讨论各种旅行计划。据我所知，这些计划当中，只有一个得以实现，那是在一九二三年孟夏，当时两人去了赫利奥波利斯。这次埃及之旅的一些照片得以保存下来：亚历山大一个名叫帕拉德伊索斯的咖啡馆，拉姆莱的圣斯特凡诺赌场，赫利奥波利斯赌场。这次看起来相当短暂的埃及之行——阿德尔瓦尔特舅舅在我面前透露过——是一次重拾过去的尝试，一次各个方面必然都可以称作失败的尝试。科斯莫突发第二次严重的精神崩溃，很可能与一部关于一个赌徒的德国电影有关。这部电影当时在纽约上映，科斯莫把它称作一座迷宫，被设计来困住他，通过其所有的镜反，把他弄得精神失常。影片将近结尾时的一个情节尤其使他感到不安：这时一

个名叫桑多尔·韦尔特曼的独臂巡回杂耍人兼催眠师，在他的观众当中引起一种集体幻觉。科斯莫总是一再给安布罗斯这样描述道，沙漠中一片绿洲的幻觉突然从舞台背景中显现。长长的一队人从小棕榈林里出来，穿过舞台，下到观众厅，从惊讶地把头转过来的观众中间穿过，如同幽灵般出现，又如同幽灵般消失。可怕的是——从此以后，科斯莫坚持——他本人已同这队人一道离开观众厅，现在再也没法说他在何处。紧接着——菲妮姨妈这样讲道——有一天科斯莫真的就消失不见了。我不知道在哪些地方找过他，又找了多久，只知道两三天后安布罗斯终于在房子的最高层，在一个好多年前就已经锁上的儿童室里，发现了他。他一动不动地垂下双臂，站在一张小凳子上，凝视外面的大海，那里时常会有轮

船非常缓慢地驶过，驶向波士顿和哈利法克斯。当安布罗斯问他到这上面来干什么，科斯莫说：他想看看他的兄弟怎么样了。可按照阿德尔瓦尔特舅舅的说法，他从来就没有这样一个兄弟。在健康状况稍微好转之后，根据医生们的建议，安布罗斯随同科斯莫前往加拿大高山地带的班夫温泉酒店，度过了一整个夏季。科斯莫多数情况下都像一个听话的、对什么都不感兴趣的孩子，安布罗斯全力以赴地忙于他的工作，照顾科斯莫。十月中旬开始下雪。科斯莫从塔楼窗户往外望，一望就是好几个小时，眺望四周蔓延开来的广阔无垠的针叶林，眺望从无法想象的高空不断往下旋舞的雪花。他手里紧紧握着揉成一团的手绢，由于绝望一再咬手绢。当外面天已经黑下来，他躺到地上，双腿蜷缩到腹部，双手捂着脸。

在这种情况下，安布罗斯必须把他弄回家，一个星期之后，又把他送进纽约伊萨卡的撒玛利亚精神病医院。在那里，他在同一年之内就这样一声不吭、一动不动地逐渐消逝。

菲妮姨妈说，这些事已经过去半个多世纪。那时我在韦滕豪森学院，既不知道科斯莫·所罗门的事，对这个从戈普雷希茨移居到海外的母亲的兄弟也没有哪怕是一点点的概念。尽管我同阿德尔瓦尔特舅舅一直有联系，可甚至在到达纽约之后好长一段时间，我对他以前的情况都一无所闻。自从科斯莫去世后，他便成了罗基波因特那所房子的司膳总管。在一九三〇年到一九五〇年之间，我经常开车去长岛，独自一人或同特奥一道，有时是遇到举办规模比较大的社交聚会去顺带帮忙，有时只是去做客。当时，阿德尔瓦尔特舅舅手下有超过半打的仆人，园丁和司机未算在内。他完全被他的工作所占据。在回首往事时，可以说他从未以私人身份存在过，他只是行为规范的化身。我根本就无法想象他只穿衬衣而不穿外套上装，或者只穿半筒袜而不穿他那双肯定擦得亮晶晶的半高筒男靴的情景。他什么时候睡觉，或者什么时候只是稍微休息一下，对我来说总是一个谜。当时他对谈论过去没有丝毫兴趣。对他来说，重要的只是：在操持所罗门家庞杂的家务时，每时每刻，各个环节的衔接都要做到天衣无缝，老所罗门的兴趣和习惯不要同第二位所罗门夫人的发生冲突。菲妮姨妈说，大概从一九三五年起，这成了阿德尔瓦尔特舅舅的一个特别艰巨的任务——由于老所罗门有一天突然宣布，他将不再参加任何晚宴或者无论什么聚会，将不再同外界打任何交道，而是要全身心地致力于兰花的培植；而年轻二十岁的第二任所罗门夫人，则一如既往地举办着她那全纽约闻名的周末社交聚会。为了参加这些聚会，通常情况下，人们在星期五下午就已到达。所以阿德尔瓦尔特舅舅一方面必须越来越用心地照顾这位实际上是生活在他那温室里的老所罗门，另一方面又要竭尽全力，通过一些预防措施去抵制第二位所罗门夫人对某些庸俗行为独有的偏爱。这项双重任务很可能持续不断地要求他付出比他所能承认的更多的精力。特别是在战争年代，老所罗门对那些尽管自己深居简出，却仍然传到他那里的消息感到惊恐。那时，他大多数时候都裹在一床苏格兰方格毛毯里，在供暖过分的玻璃温室里，坐在他那些南美气生根植物之间，当玛戈·所罗门根本无法停止举行受觐礼时，他几乎不吱声，除了必不可少的话。菲妮姨妈说，可是当老所罗门于一九四七年春在轮椅上去世时，奇怪的事发生了：这位有十年之久根本就未注意过自己丈夫的玛戈，现在几乎无法被劝服离开自己的房间。几乎所有人员都被解雇，阿德尔瓦尔特舅舅现在的主要任务就是照料这栋差不多人去楼空、大部分都罩着白色防尘布的房子。大概就在那段时间，阿德尔瓦尔特舅舅开始时不时地告诉我他过去生活中的一些事情。那些他非常缓慢地从看来是无法测量的深处掏出的回忆，甚至连极其微不足道的细枝末节都准确得令人惊讶，因此我在倾听时逐渐确信，阿德尔瓦尔特舅舅虽然有着可靠的记性，但同时他几乎不允许自己抵达记忆。因此，讲述对他来说既是一种折磨，也是自我解脱的尝试。在某种程度上，他在拯救自己的同时也在残酷地自我毁灭。为了分散对她最后那番话的注意力，菲妮姨妈从放在墙边桌的那些相册中拿起一本来。她一边把打开的相册递给我看，一边说，这就是阿德尔瓦尔特舅舅，他当初就是这样。你看，左边是我和特奥，右边坐在舅舅身旁的是他姐姐巴尔比娜，当时她正好第一次来美国游览。时间是一九五〇年五月。在拍下这张照片之后几个月，玛戈·所罗门便死于班替氏综合征。罗基波因特的这套房产归遗产继承者集体所有，房产连同全部家具和财物，在一次耗时几天的拍卖中被拍卖掉。这次疏散使阿德尔瓦尔特舅舅深受其害，没几个星期之后，他在马马罗内克一栋由老所罗门还在世时就已过户给他的房子里安顿下来，菲妮姨妈说，在相册接下来的几页中，有一页就是这间起居室的

照片。整个房子直至最细微之处，往往都像这张照片上那样井然有序。我总觉得，好像阿德尔瓦尔特舅舅随时在预备会有一位陌生客人到来。但不管从何而来，从未有人到来，菲妮姨妈说。所以我每周至少要去马马罗内克两次。我在探望时大都坐在蓝色沙发椅上，而舅舅总

是坐在写字台旁，身子稍微有点倾斜，好像打算完成一些文字工作。他在这个位置讲了好多奇怪的故事，关于这些故事我几乎都忘光了。有几次，我觉得他讲述的那些亲身经历如此令人难以置信，譬如他在日本见过的斩首，以至于我认为，他患上了柯萨科夫氏综合征[1]，你也许知道——菲妮姨妈说——患上这种病，记忆力的丧失会通过幻想式杜撰来补偿。不管怎样，阿德尔瓦尔特舅

1 柯萨科夫（1854—1900），俄国精神病科医生。柯萨科夫氏综合征又称科萨科夫精神病，是一种由酒精中毒所致，以神经刺激现象和记忆、定向障碍为特征的疾病。

舅讲得越多，他就变得越绝望。在一九五二年圣诞期[1]后期，他的情绪极度消沉，致使他尽管看起来迫切需要能够继续讲述，却再也讲不出任何东西来，说不出一句话、一个词，几乎连一个音都发不出。他坐在他的写字台旁，身子稍微往一旁侧偏，一只手放在写字垫板上，另一只手放在怀里，目光低垂，独自望着地上。如果我给他讲我们家里的事，讲特奥、两个双胞胎孩子，或者那辆新的、有白圈轮胎的奥兹莫比尔汽车，那我从来就不知道他是否在听。对于我那些哄诱他走出房间到花园里去的尝试，他毫无反应，也拒绝向医生咨询。有一天早上，我来到马马罗内克时，阿德尔瓦尔特舅舅不见了。门厅衣帽间的镜子里插着一张他给我留言的名片。自此以后我总把

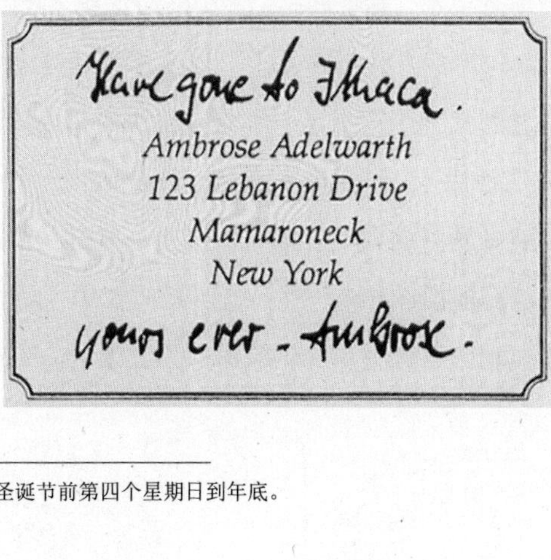

1　泛指圣诞节前第四个星期日到年底。

它带在身边。我已经去伊萨卡了，永远属于你的——安布罗斯。过了一些时候，我才明白伊萨卡指的是什么。当然——菲妮姨妈说——在最初的几个星期和几个月里，只要可以，我就到伊萨卡去。伊萨卡确实位于一个奇妙的地区。四周皆是树林和山谷，潺潺流水穿过其间流向湖里。由法恩施托克教授领导的那个疗养机构就在一个恍若公园的地区。菲妮姨妈说，我现在都还记得，我同阿德尔瓦尔特舅舅在一个明亮晴和的秋日，站在他那窗户旁。微风从外面徐徐吹进屋，我们透过那些几乎纹丝不动的树木，注视着一片使我想起阿尔特阿赫[1]苔藓的草地，那里出现一个中年男子，手里抓着一根固定着白网的棍子，偶尔做出一些奇怪的跳跃动作。阿德尔瓦尔特舅舅向前凝望着，尽管如此，却仍然注意到了我的惊讶，他说：你知道，是那个捕蝶人。他经常到这里来。我相信我从这些话当中听出了一种高兴愉快的弦外之音，因此认为这番话——按照法恩施托克教授的观点——就是通过休克疗法好转的一种征兆。当然，舅舅在精神和肉体方面受到的损害有多严重，到秋天时情况越来越清楚。他越来越消瘦，过去那么平稳的双手在发抖，面部变得

1 位于奥地利。

不对称，左眼不安地溜来溜去。我最后一次去看望阿德尔瓦尔特舅舅是在十一月。当我必须动身离去时，他坚持要送我到房前。为此他费了好大劲，特意穿上他那件有黑天鹅绒领的双排纽扣大衣，戴上一顶霍姆堡毡礼帽。菲妮姨妈说：我仍然看见他站在车道的那个地方，穿着那件厚重的大衣，看起来身体虚弱，站立不稳。

我再次离开锡达格伦西时，是一个寒冷、阴暗的早晨。就像菲妮姨妈前一天给我描述的阿德尔瓦尔特舅公，现在她自己就站在平房前的人行道上，穿着一件于她而言过于沉重的黑色冬大衣，在我身后对我挥着手绢。驾车离开时，我在后视镜中看见她被汽车排出的成团白色废气烟雾包围，变得越来越矮小。我一边回忆这幅后视镜中的景象，一边在想，多么不寻常啊，自那以后就再也没有任何人挥动手绢与我告别。在我还待在纽约的寥寥数日中，我开始记下有关非常伤心的特蕾斯姨妈以及卡西米尔舅舅在奥格斯堡犹太会堂屋顶上的情况。但我特别集中精力考虑的是安布罗斯·阿德尔瓦尔特以及我是否必须去一趟伊萨卡护理中心这个问题。安布罗斯在其六十七周岁时自行决定进入这一护理中心，后来在那里离世。当然，这一点当时还只是个念头，因为不想让我那张飞往伦敦的机票作废，加上我对更切近的调查心存戒惕。直到一九八四年孟夏，我才终于去了伊萨卡，在费了九牛二虎之力辨认出阿德尔瓦尔特舅公一九一三年的旅行札记之后，我认识到自己的计划再也不能推延了。所以我又飞往纽约，并在当天驾一辆租来的汽车在十七号国道上往西北方向行驶，经过各式各样、大小不一的居民点。这些居民点尽管有着并不完全陌生的名称，看起来却荒无人烟。门罗、蒙蒂塞洛、米德尔敦、沃茨伯勒、瓦沃辛、科尔切斯特和卡多西亚、迪波西特、德里、内弗辛克和尼尼微——当我同我坐的汽车一起移动时，我感觉自己好像被遥控器操纵着穿过一片广袤无际的玩偶世界，而这片地域的地名是被一个看不见的巨大的小孩，在另一个早已废弃的世界的废墟下，任意搜寻和挑选的。汽车在宽阔的公路上仿佛有自己的意志。在所有汽车的速度差别很小的情况下，如果说超车到底还是可以的话，它进行得这么缓慢，以至于当我一寸一寸往前移动或被落在后面时，我开始感到自己成了邻近车道上的人的旅伴。譬如有一次，我有整整半个小时成了一个黑人家庭的旅伴。他们通过各种各样的手势和一再冲我而来的微笑给我暗示，他们已经把我当作家庭常客，在他们的心中给了我一席之地。当他们在前往赫利维尔的出口绕一个大弯同我分手时——孩子在后面的窗户对我做鬼脸——我确实有一段时间感到相当寂寞、相当孤独。此刻就连周围也显得更加荒凉。公路通向一大片高地，连绵起伏的丘陵和圆形山顶在高地的右边隆起，向着北方的地平线往上延伸，形成一条中等高度的山脉。三年前在美国度过的那个冬天曾是那么昏暗、单调，而今由各式各样的绿拼缝而成的地表则泛溢着光。在那些向山上延伸、早已不再放牧的地上，橡树和黑椴树长成一座座岛屿，笔直的云杉人造林与桦树和白杨树的不规则林分[1]相互交替，它们那颤动着的无数树叶几个星期前才又长出来。甚至在在视野背景里逐渐升高、更为昏暗而遥远的高山地区——在那里，冷杉树林遮盖了山坡——落叶松的灰绿色被夕阳点亮，四处闪光。一看到这片看似无人居住的辽阔高原，我就想起有多少次，我这个修道院附属学校的学生怀着对异地的向往，弯腰坐在我那本地图册前，在脑海中游历我能够按照字母顺序背出来的美国各州。在上一堂长得近乎永恒的地理课时——在外面，世界正处于未被日光的明亮照耀的清晨的湛蓝之中——我记得我曾经考察过我现在正驾车穿越的这一狭长地带以及位于北部海拔更高的阿迪朗达克山脉。关于这座山，卡西米尔舅舅跟我讲过，说它看起来同我们老家的山一模一样。我还记得当时用放大镜寻找过变得越来越小的哈德逊河的源头，沉迷于有很多山峰和湖泊的

1　指内部特征大体一致而与邻近地段有明显区别的一片林子。

地图坐标方格。因此，某些地名和称呼，譬如萨巴蒂斯、加布里埃尔斯、鹰眼州[1]、琥珀湖、莱拉湖和云之泪湖，在我脑海中留下了不可磨灭的印象。

在奥韦戈，我必须从国道拐弯。我在那里停下来，在一个服务区坐到将近九点钟，偶尔把几句话记录下来，不过多数时间都心不在焉地透过弧形挡风玻璃，向外凝视络绎不绝的车流，凝视在日落之后还长时间布满橘黄、火烈鸟粉和金黄色条纹的西天。所以当我到达伊萨卡时，已经是夜晚了。为了辨认方向，我在城里和近郊开车大概绕了半个小时，随后把车停在小街边的一家宾馆前。这家宾馆像从未有人涉足的“光之帝国”[2]一样，点着灯，静静地坐落在黑黢黢的花园里。一条有几级石头阶梯的弧形路从人行道往上，通向入口处的主门。主门前有一株开着白花的灌木（在灯光下，有一瞬间我以为它盖上了皑皑白雪）沿水平方向伸开它的树枝。看来所有人都已经入睡，过了相当长一段时间，才从房子深处走来一位白发苍苍的门房。他走路时身体前倾得那么厉害，肯定只能看见对面之人的大腿或下腹。由于有这种残疾，在准备穿越大厅之前，他很可能已经用一种匆忙但更加

1 艾奥瓦州的别名。

2 比利时超现实主义画家勒内·马格里特（1898—1967）的油画作品系列，共三幅，描绘的是只点着一盏路灯的夜间街道，但背景是飘着云朵的白天。

锐利的目光，注意观察过这个走上前来、在一半装上玻璃的门前等候的晚到客人。他一声不吭地陪同我走过一道奇妙的桃花心木楼梯——走在上面根本就没有爬楼梯的感觉，而几乎是在向上飘荡——上到最上面那层。在那里，他给我安排了一个宽敞的、位于背街一面的房间。我放下我的包，打开一扇很高的窗户，观看一棵从深处高高耸立的柏树那随风起伏的影子。空气中充斥着柏树的气味和一种持续不断、沙沙作响的声音。可这种声音并非像我开初认为的那样，来自树木之间刮着的风，而是来自在不远处奔流而下的、尽管从我的窗户看不见的伊萨卡瀑布群。在到达这个城市之前，我对这些瀑布，就像对卡尤加湖地区那一百多条从冰河纪末期开始就朝深切的峡谷和山谷暴跌的瀑布，很难有恰如其分的想象。我躺下身来，就像从长途旅游归来那样疲倦得要命，马上就沉沉入睡。从瀑布的咆哮声中悄悄升起的粉状薄雾飘进我的梦乡，就像白色窗帘飘进乌黑的房间。第二天早上，我徒劳无益地翻阅电话簿，查找撒玛利亚疗养院，以及菲妮姨妈提到过的法恩施托克教授。往神经疾病诊所打的电话同样是白费力气，当我向接待处一位头发烫成淡蓝色的女士询问，她显然是被私人精神病院这样的字眼吓了一跳。我离开旅馆，打算去城里打听情况，在屋前小花园里正好遇到弯腰曲背的门房，手里拿着一把扫帚，从人行便道走过来。他凝神听我讲要打听的事，然后拄着扫帚，一声不响地沉思了近一分钟。法恩施托克，他终于叫了起来，声音如此之大，仿佛在同一个聋子打交道，法恩施托克死在五十年代。如果我没弄错的话，是因为中风。他还用从压扁的胸部呼哧呼哧迸出来的几句话跟我说明，法恩施托克有一个继任者，叫阿伯拉姆斯基大夫，但这人从六十年代末开始就不再接收病人了。他现在独自一人在那座旧房子里干什么——他说着，突然转身就走——没人知道。他还从门口向我喊道：我听说他成了养蜂人。

借助老门房的指点，当天下午我就毫不费力地找到了这家疗养院。一条很长的、进入大门的车道，穿过一个至少有四十公顷大的公园往上，通向一个完完全全用木材建造的别墅。这座别墅连同它那些有屋顶的游廊和阳台，有时使人想到俄罗斯的乡村别墅，有时又使人想到那些塞满猎获物的、巨大的瑞士五针松茅屋当中的一间。十九世纪末，奥地利的大公爵们和君主们让人在他们的施蒂利亚林区和蒂罗尔林区到处建那种茅屋，以便安排应邀前来打猎的上层贵族和实业家住宿。倒塌的先兆是如此明显，窗玻璃在阳光下的闪光是如此特别，使我不敢往前靠近。我不靠近，而是首先在公园里环顾四周。黎巴嫩雪松、金钟柏、银杉、落叶松、阿罗拉－蒙特雷石松和细羽状落羽杉，我所熟知的各种针叶树几乎都长得又粗又大。一些黎巴嫩雪松和落叶松长到四十米高，有一棵铁杉肯定有五十米高。在树木之间出现一小块一小块的林中草地，同时生长着蓝色星形风信子、白色碎米芥和黄色婆罗门菊。在公园别的地方长着各种各样的蕨类植物，日本矮枫树被落下来的光线点亮，新生的绿叶在脚下的落叶上方摇动。我在树木园中转来转去，差不多走了一个小时之后，发现阿伯拉姆斯基大夫正在他那养蜂场前的广场上忙着配备一些新的蜂箱。他大约六十来岁，矮小结实，穿一条磨破的裤子和一件补了又补的外套。从外套右边的衣袋里露出一只鹅翅膀，就像过去有人曾经当作带柄小刷来使用的那种东西。让阿伯拉姆斯基大夫引人注目的是他那头浓密的红发，如山般高高竖起仿佛在燃烧，仿佛他正处于极大的焦虑中，它使我想起在我的第一本教义问答手册中描摹的圣灵降临节众门徒头上的火舌。阿伯拉姆斯基大夫对我突然在他那里出现丝毫不感到惊奇，他给我挪正一把藤椅，一边继续收拾他的蜂箱，一边听我的故事。我讲完之后，他把手里的工具放到一边，开始讲他的故事。他说，科斯莫·所罗门我无缘认识，不过您的舅公我却知道，因为我在一九四九年三十一岁时，就已经受雇作为法恩施托克的助理医师在这儿上班了。我之所以特别清楚地记得阿德尔瓦尔特的病例，是因为它正好出现在我思想上一次彻底转变的开初。这次转变使得我在法恩施托克去世后的十年间，逐渐减少精神医师的工作，直到最后彻底放弃。从一九六九年五月中旬起——不久前我庆祝了自己退休十五周年——我就住在外面，按照不同的天气情况，不是住在存放小艇的船屋，就是住在养蜂场，基本上不再关心所谓现实世界中发生的事。毫无疑问，我现在从某种意义上来讲是精神失常了，但您也许知道，这些事只是一种视角问题。您会看到，撒玛利亚这栋房子人去楼空。放弃它就是我退出现实生活的前提。很可能没有人能充分理解在这座古怪的木宫殿里积累的、现在随着它的倒塌——就像我所希望的那样——逐渐溶化的痛苦和不幸。阿伯拉姆斯基大夫有一阵什么话也不说，只是看着远处。然后他说，安布罗斯·阿德尔瓦尔特没有被他的亲戚安置在我们这儿，而是自愿接受精神病医生的照料，这是真的。他采取这一行动要达到什么目的，我很久都不明白，因为他从不讲自己的事。法恩施托克的诊断是严重的老年抑郁症，有得僵住症的倾向，可是事实与此相矛盾，安布罗斯没有显示出通常会随着这种状态而出现的身体十分糟糕的丝毫迹象。完全相反，他极其重视自己的外表。每次看到他，都是穿着三件套西装，打着无可挑剔的蝴蝶结。尽管如此，即使只是站在窗户旁往外张望，他也总是给人留下这样的印象，好像他内心极度痛苦。阿伯拉姆斯基大夫说，我不认为我曾经遇到过比你舅公更忧郁的人。他随口说出的每一句话，他的每一种姿态，他直至最后都保持着的整个仪表，其实等于是在不断地恳求着离开。他在晚餐时还会吃点东西，甚至在心情最不愉快时，他也非得彬彬有礼地前去共进晚餐不可，但实际上吃的就像从前放在死者坟前的象征性祭品一样，很少很少。安布罗斯何等心甘情愿地承受休克疗法，也是值得注意的。我在回首往事时才明白，在五十年代初，休克疗法确实与刑讯逼供乃至殉教不相上下。如果说其他病人必须用武力带进理疗室的话（阿伯拉姆斯基大夫在这里的术语是蛙式抬运[1]），那么安布罗斯每次总是在指定时间便已坐在门前的凳子上，把头靠在墙上，闭着双眼等待他即将面临的事情。

应我的请求，阿伯拉姆斯基大夫详细地讲述了休克疗法。他说：在我开始精神病学的职业生涯时，我的观点是，电休克疗法是人道的和有效的操作方法。我们做学生时老师就是这么教的，而法恩施托克在他那些“来自实践的”故事中，一再明确地给我描述从前人们用注射胰岛素来引起假性癫痫病发作时，那些面部变形、发

1　意为“使（犯人）面朝下而由四人执其四肢行走”。

青的病人往往有好几分钟之久缩成一团，作垂死挣扎的情景。与这种做法相比，引进电疗法——在进行电疗时，能够更精确地分配药的剂量，在出现极端反应时，能够立即中断治疗——本身就已经意味着一个巨大的进步。我们认为，在五十年代初引进电疗法是完全合法的。当时，通过使病人处于麻醉状态和给病人服用使肌肉放松的药物，就能够避免诸如肩部脱位及颌骨脱位、牙齿断折和其他骨折这样一些糟糕透顶的次要损伤。由于休克疗法有这些大幅度的改进，法恩施托克以其特有的高傲，对我令人遗憾地不是十分坚决的抗议不予理会，在安布罗斯来到我们这儿大约半年前，采用由德国精神病科医生布劳恩米尔提倡的所谓阻滞方法，每间隔几天就进行每回要电击一百多次的治疗。当然，采用这样一种治疗频率，就再也谈不上对治疗学的进展作井然有序的记录和评估，您舅公的病例也不例外。此外——阿伯拉姆斯基大夫说——所有的档案材料、既往病历、病历卡以及在法恩施托克手下反正都是记载得十分粗略的日志，在此期间很可能早就被老鼠吃掉了。这些老鼠在这座疯人院被废弃之后占领了它，从此之后就在里面大肆繁殖。不管怎样，我在无风的夜里能听见一阵持续不断的呼呼声和刷刷声穿过这座已经变成干壳的房子。有时候，每当满月从树后面升起，我觉得，好像也会响起从几千个小喉咙里挤出来的一阵矫揉造作的歌声。如今，我的希望寄托在这群老鼠身上，寄托在木蠹蛾、窃囊虫和蛀虫身上，这些虫迟早会使这个发出嘎吱嘎吱声、有些地方已经坍陷的疗养院轰然倒塌。我反复地梦见疗养院倒塌。阿伯拉姆斯基大夫边说，边看他的左手手心。我看见高耸着的疗养院，也看见所有东西，看见整个大楼以及它的每个极其细微的部分。我知道桁架、屋顶梁、门框和镶板、阁楼、地板和楼梯、扶手和栏杆柱子、过梁和壁架，在表面之下已被彻底挖空。一切将随时倒塌——只要这些盲目的甲虫大军中被选定的一支，用颌骨迅速吃完最后一顿，突破最后的、形同虚设的防线。而这正是在我梦中发生的事，在我的眼前，无限慢地发生。一大片黄色的尘雾升起，然后又随风吹散，在昔日疗养院的地址，除了一堆粉末状、花粉似的木屑之外，什么也没有留下。阿伯拉姆斯基大夫用变得越来越弱的声音说，但是现在，在稍停片刻（我猜）以温习在他想象中再次上演的壮观之后，他又回到了现实之中。法恩施托克——他是这样开始的——法恩施托克是在莱姆贝格的一个精神病院完成他的神经病学培训的，在第一次世界大战爆发前夕；那时，精神病院的首要任务是万无一失地羁留和控制被隔离者。所以他自然就倾向于把病人因持续使用休克疗法而经常出现的肢体硬化和意志消释，把越来越严重的注意力无法集中、思考迟钝、声音减弱，甚至把完全的默然解释为治疗成功的迹象。与此相应的是，对他来说，安布罗斯的顺从便是这种新疗法的成果——他属于我们第一批接受持续数周数月的休克系列治疗的客人——但这种顺从，如我当时就已经开始预感到的，事实上只能归因于您舅公渴望尽可能不可逆转地根绝自己的思考力和记忆力。

阿伯拉姆斯基大夫再一次陷入长时间的沉默，仔细地研究左手心的纹路。我想，然后他抬起头看着我，接着说，我想，正是法恩施托克那明显的奥地利口音在一开始引起了我对他的好感。他使我想起我父亲。家父出生在科洛梅亚，像法恩施托克一样，在哈布斯堡帝国解体后，从加利西亚去了西边。法恩施托克试图在他的故乡林茨重新站住脚跟，而家父想在维也纳做酒类生意谋生，但是他俩，一个在林茨，另一个在利奥波德施塔特，由于当时的社会情况，都失败了。一九二一年春，家父最后动身去美国，而法恩施托克看来是在夏天到达的纽约，他很快就重操旧业。一九二五年，在奥尔巴尼的一家州医院任职两年之后，他获得当时新组建的撒玛利亚私人疗养院的这个职位。差不多同一时期，家父在纽约下东区一家苏打厂锅炉爆炸时遇难，遗体在不幸事件发生后被找到时，有一部分都被煮过了。我在布鲁克林长大期间，非常怀念父亲。他是一个甚至面对极其险恶的逆境，也能满怀信心的人；母亲则相反，在他去世后，看上去只不过像个影子罢了。我如今认为，因为法恩施托克身上的很多东西使我想起父亲，所以在担任撒玛利亚的助理医生一开始，我是不加批判地同他来往。但是随着从未有过科学抱负的法恩施托克，在其职业生涯晚期，自以为在阻滞或者毁灭方法中发现了精神病学的神奇武器，越来越沉溺于科学幻想之中，甚至打算撰写一篇关于安布罗斯的论文，这时而且只是到了这时，我才明白，他的狂热和我的犹豫，最终只不过证明我们可怕的无知和易腐化。

现在快天黑了。阿伯拉姆斯基大夫领着我穿过苗圃，回到大门入口。他手里拿着那只白色的鹅翅膀，偶尔用它给我指指路。我们这样走着时，他说：您舅公在临终前，关节和四肢逐步出现一种很可能是由于休克疗法引起的僵化状态。很快，他照料起自己来极费劲。几乎整整一天，他都花在了穿衣上；只是扣上袖扣和打蝴蝶结，就需要好几个小时。当他差不多已穿上衣服，又到了脱下衣服的时间。此外，他还有连续不断的视力障碍，头痛得厉害，所以眼睛上总戴着绿色玻璃纸眼罩——就像在赌场上班的人那样。因为他在去世前一天第一次耽误了治疗，我在他房间里找到他，这时他戴着玻璃纸眼罩，站在窗前瞧着公园对面那片草甸沼泽。很奇怪的是，他就像很可能是过去清洁银器时惯常要罩上袖套那样，罩着一对色丁布黑袖套。为什么他不像往常那样按照约定的时间到达呢？针对我这个问题，他——我清楚地记得他的原话——回答道：我必定是在等那个捕蝶人时把这件事给忘了。在给出这个莫名的说法后，安布罗斯立即同我一道去法恩施托克的诊疗室，在那里就像往常那样，不加反抗地忍受所有已准备好的治疗。阿伯拉姆斯基大夫说：我看见他躺在我面前，额上固定着电极，牙齿之间塞着橡皮垫块，就像一个马上就要海葬的人那样，被捆进用铆钉铆在手术台上的帆布包装套里。治疗平安无事。法恩施托克作出非常乐观的预后诊断。但是我从安布罗斯脸上看出，他现在是被彻底毁了。当他从麻醉中苏醒过来，他那双变得异常呆滞的眼睛阴沉着，从他胸腔发出一声在我耳里迄今都不会消逝的太息。一个男护士把他送回房间。第二天黎明，我受到良心责备前去看他，发现他躺在床上，穿着漆皮皮靴，几乎可以说是身穿全套制服。阿伯拉姆斯基大夫在我身旁一声不吭地走完这条路的最后一程。就连告别时他都没说一句话，只是用鹅翅膀在愈来愈暗的空中画了一个温柔的弧。

一九九一年九月中旬，一个可怕的干旱季节，我从英国出发，驾车前往多维尔。旺季早已结束，就连人们试图用来稍微延长一下这些比较能获益的夏季月份的“美国电影节”也已告终。我不知道，我在违背各种理性设想时，是否曾对多维尔有过某种特别的期望——过去的遗迹、绿色的林荫大道、滨海大道，也许还有一群来自上流社会和半上流社会的游客；不管我会有什么想象，事实立即就会证明，这个昔日传奇般的海滨浴场，同人们如今游览的其他任何不管在哪个国家或者哪个洲的地方一样，已无可救药地被公路交通、小店经营和无法餍足的破坏性冲动糟蹋和毁灭。那些在上世纪下半叶新建的别墅，带城垛和小塔楼的新哥特式城堡，瑞士风格的木屋，甚至按照东方模式建造的宅邸，几乎无一例外，呈现出一种破败、荒凉的景象。当我早上第一次穿过多维尔的大街小巷散步时，如果我在这样一座看样子无人居住的房前停留一会儿，差不多每次都会发生一点怪事：无论是在花圃，还是底层或者顶层，在关着的百叶窗当中会有一扇窗稍微开着，出现一只手用极其缓慢的动作抖掉抹布上的灰尘。这使人不可避免地很快就想到，整个多维尔就是由多幅阴暗的室内情景画组成。在这些画中，一些被惩罚要永远隐蔽存在和不断把灰尘抖掉的女人在悄然无声地走来走去，等待着能用自己的抹布，给一个偶然在她们的牢房前驻足往上看的陌生行人发一个暗号。此外，我还发现，在多维尔以及河对岸的特鲁维尔，几乎所有的地方都关门闭户，蒙特贝洛博物馆、市政厅里的市档案馆和我想在里面各处看看的图书馆，甚至就连圣婴耶稣[1]儿童收容所都关着大门。这家收容所由早已离世的埃尔朗热男爵夫人捐赠，由多维尔致谢的市民安装在房屋正面的一块纪念牌表明了这一点。同样不再能进入的地方还有罗什·鲁瓦尔大饭店。世纪之交，美国的百万富翁、英国的上层贵族、法国的交易所大王和德国的大工业家都在这座非同寻常的砖结构宫殿里相互致敬。我所能查清的是，罗什·鲁瓦尔大饭店在五六十年代停业，之后被分成公寓住房，但其中只有朝海那些住房还能廉价出售。如今，诺曼底海滨这座昔日最豪华的

1 原文为法语。

饭店，只是一个一半已沉入沙中的纪念碑式庞然大物。大多数房间很久以来就已闲置，它们的主人都已辞世。不过有几位意志坚定的女士一如既往，每年夏天都来这里，在这座巨大的楼房里像幽灵一样转悠。她们有几个星期把家具上的白布收起来，在夜里悄悄地躺在空荡荡的屋子中间的某个地方。她们沿着很宽的过道游荡，穿过大得要命的客厅，在上下楼梯时会小心翼翼地不发出回声，清晨则牵着溃疡时好时坏的卷毛狗和小狮子狗到滨海大道上遛。与这个逐渐倾塌的罗什·鲁瓦尔大饭店相反，在特鲁维尔－多维尔另一头、于一九一二年建成的诺曼底饭店，现在依然是一座最高级的建筑。这座围着多个内院修建起来的半露木构建筑既非常之大，又有袖珍型效果，如今留宿的几乎是清一色的日本客人。这些客人由饭店工作人员以一种雅致的，同时也是——据我观察到的——冷淡得近乎义愤的礼貌，指引着浏览规

定得很详细的日程安排。一家像诺曼底饭店这样自我炫耀的国际饭店，确实不如法国人在大阪市郊借一次国际博览会之机特地修建起来的餐饮亭让人舒适。如果我从诺曼底饭店出来，立即就偶遇一家巴厘岛或者阿尔卑斯风的梦幻饭店，至少这种事根本就不会使我感到奇怪。在诺曼底饭店的日本人每三天就被他们新来的一批同胞替换。这些客人当中有一位向我解释，他们每次都直接从戴高乐机场被装有空调的旅游大巴带到多维尔，这是继拉斯维加斯和大西洋城之后环球赌博之旅的第三站。之后他们经过维也纳、布达佩斯和澳门，再回到东京。在多维尔，每天上午十点，这些日本人会走进那家与诺曼底饭店同时建起的新赌场，直到中午便餐，都在那些闪烁着五彩缤纷的灯光，充斥着单调刺耳、五花八门的噪声的自动赌博机大厅里赌博。就连下午和傍晚时分，也都是在赌博机前度过，他们带着淡然忍受的表情，将大把大把的硬币奉献给这些机器。每当硬币丁零当啷地又从钱箱里蹦出来时，他们真的就像欢度节日的孩子一样兴高采烈。我从未见过一个日本人坐在轮盘赌台旁。将近半夜时，那里坐着的只有几个来自内地、名声不好的顾客——某些可疑的律师、地产经纪人或者汽车经销商及其情人，他们试图来碰碰运气。幸运之神打扮成一个五短身材、很不得体地穿着一身马戏场仆人制服的赌台管事，站在他们对面。顺便提一下，轮盘赌台在一个看来显然是不久前才修缮过、被翠绿色玻璃屏风遮住的内厅里，所以不是过去在多维尔所在的地方。我知道那时的赌博大厅要大得多，有两排轮盘赌和百家乐的赌台，以及可以往不停地奔跑着转圆圈的小马下注的赌台。用威尼斯玻璃制造的枝形灯从石膏花饰天花板上垂吊下来，通过十二扇八米高的半圆形窗户，可以看到露天平台上那些最具异国情调的先生和女士三五成群或两人成对地站在一起。越过平台栏杆，可以看到在赌场投落的光中的白色海滩和在很远的远处抛了锚停泊着的、用灯照亮的海上游艇和蒸汽船。这些船将它们的信号探照灯射向夜空，而在这些船只和海岸之间，一些小船犹如慢慢爬行的萤火虫般晃来晃去。当我第一次走进多维尔赌场时，旧赌博大厅在夕阳残照中逐渐消失。有人为婚宴或者周年庆典摆好了整整一百位宾客的餐具。落日余晖在玻璃上折射，在乐队的银色打击乐器上闪闪发光。这个乐队正好在平台上，开始为即将登台演出排练。乐手是四个年龄已经有点大的、头发鬈曲的小伙子。他们演奏六十年代的流行歌曲。这些歌曲我在曼彻斯特的联盟酒吧不知已听过多少次。那是晚上。歌手是个金发女孩，用还十分稚气的声音，全身心地对着她双手握着、双唇紧贴的话筒低声演唱。她用英语演唱，不过带有明显的法国口音。那是晚上，我坐着看孩子们玩耍。偶尔记不清歌词时，歌唱就转为奇妙的哼唱。我坐到一把上了白漆的扶手椅上。音乐响彻整个大厅。玫瑰红的积雨云飘到镶着金边的天花板下方。普洛柯哈伦[1]的歌曲《苍白的浅影》令人十分伤感。

后来夜里，我在饭店房间里听着大海的涛声，梦见自己坐在一艘大型客轮上横渡大西洋，这艘船的上层建筑看起来简直就像诺曼底饭店。当我们清晨驶进勒阿弗

1 英国前卫摇滚团体，成立于 1960 年代后期，其冠军单曲《苍白的浅影》流传甚广。

尔，我就站在船舷栏杆旁。雾笛发出三次轰鸣，巨大的船体在我脚下抖动。我从勒阿弗尔乘火车到多维尔。在我的包厢里坐着一位携带大量各式帽盒的女士，她戴一顶羽毛帽，抽着一支很粗的巴西雪茄，不时透过蓝色烟雾，用挑逗的目光看着我。可我不知该怎样同她打招呼，我尴尬地盯着放在她身边软垫上的、有很多小纽扣的白色羊羔皮手套。到达多维尔后，我乘一辆双轮马车去罗什·鲁瓦尔大饭店。大街上热闹非凡。各式各样的卡车和轿式马车、汽车、手推车、自行车，跑腿的、送货的和游手好闲的人，看来都在漫无目的地四处乱串，就好像天塌下来了。饭店住客大量超员，人们成群结队地挤在接待处。赛季即将开始，人们竭尽全力，尽快在最佳地点找到一个住处。罗什·鲁瓦尔大饭店的旅客租下阅览室或者大厅里的长沙发和扶手椅作为睡觉的地方；饭店服务人员被从阁楼间疏散到地下室；那些男士将自己的房间让给女士，自己就找个地方凑合——休息厅、走廊、窗龛、楼梯平台和台球桌。我用一笔很高的贿金，搞到储藏室里的一张木板床。木板床安在墙上，像车船座位上方的行李网架那样高。只是在困倦得再也支撑不下去时，我才爬上去睡了一个多钟头。剩下的时间我都在日夜不停地寻找科斯莫和安布罗斯。有时我以为我看到了他们在入口处或者电梯里消失，或者绕过了一个街道拐角处。有时我真的又看见他们坐在外面的院子里喝茶，或者在浏览那些由汽车司机加布里埃尔每天清早以惊险的速度从巴黎带到多维尔来的最新报纸。就像那些出现在我们梦中的故人，他们通常都一声不吭，显得有点郁郁寡欢、垂头丧气。总而言之，他们表现得仿佛他们改变后的状态，可谓一桩可怕的、绝对不能揭开的家庭秘密。要是我靠近他们，他们就会在我眼前消散，除了刚才还占据过的空位，什么也不留下。每当我看到他们，能够从远处观察就感到心满意足了。很快我就觉得，好像每次遇到他们，他们都在四周从不间断的人声鼎沸中组成一个静止的点。一九一三年夏天好像全世界都在多维尔这里聚集。我看见蒙哥马利伯爵夫人、菲茨雅姆伯爵夫人、埃尔朗热男爵夫人和马萨侯爵夫人、罗特希尔德女士、凯什兰女士和比格尔女士、标致女士、沃尔姆斯女士和轩尼诗女士、伊斯沃尔斯基一家和奥尔洛夫一家，看见男女艺术家，诸如雷亚娜和赖兴贝格这样放荡的女人，还有希腊船王、墨西哥石油大王和来自路易斯安那州的棉花种植园主这样的半上流社会人士。在《特鲁维尔公报》上可以看到，今年一阵真正的异域浪潮已经向多维尔袭来：摩尔多瓦－瓦拉几亚的伊斯兰教徒、印度的婆罗门教徒、各种各样的卡菲尔人、巴布亚人、阿赞德人，以及众多的临时雇佣军被带到欧洲，同时也带来了他们的猴舞和粗野的乐器。[1]一切都在昼夜不停地发生着。在拉图克赛马场进行赛季第一场大型赛马时，我听见一位英国花边新闻专栏作者说：实际上看起来似乎是人们学会了像牲口一样站着睡觉。是他们呆滞的目光把他们暴露了。触碰一下，他们就会倒下。我站在赛马场看台上，累得要命。那条环绕马球场的草地赛道被一排长长的、长得高低整齐的白杨树包围。我用望远镜看到银灰色的树叶在风中摆来摆去。观众人数越来越多。很快，我的脚下简直就成了一个起伏不停的帽子海洋，白鹭羽毛在这个海上飘荡，就像波峰的白色泡沫在退潮的黑浪上漂浮一样。最后出场的是年轻女士当中的绝色佳人——可说是这个赛季的周岁马[2]，她们身穿蕾丝裙，浅灰绿色、虾肉色或者苦艾蓝色从丝织衣物中隐约透出。她们很快就被黑乎乎的人影围着了，在这些人影中有几个特别放肆的，把他们放在散步手杖上的大礼帽高高举起。当比赛就要开始时，克什米尔大君坐着里面镀金的劳斯莱斯小轿车来到赛场，后面跟着一辆豪华轿车，一位胖得出奇的女士从中走下来，由两个老得要命的侍从领到她的座位上。我突然发现，她身后上方坐着科斯莫·所罗门

1　原文为法语。

2　年龄介于一岁和两岁的马，这个年龄段的马是最常被出售的。

以及安布罗斯。安布罗斯穿一套亚麻布西装，戴一顶西班牙黑漆草帽。尽管在骄阳似火的盛夏天气，科斯莫却穿着一件厚厚的毛绒大衣，戴一顶飞行员便帽，便帽下露出他的金黄鬈发。他的右臂一动不动地放在安布罗斯的扶手椅靠背上，两人都一动不动地望着远方。另外，我现在又想起来的是，我在多维尔的那些梦中充满着不间断的低语，讲着那些流传的有关科斯莫和安布罗斯的谣言。譬如说有一次夜已深了，我看见两个年轻人还坐在诺曼底饭店餐厅正中一张特意为他们搭起，因而显得与其他座位完全隔开的小餐桌旁。一只在消沉的氛围中闪耀着奇妙的玫瑰红的龙虾不时慢慢地动一动它的一只脚，躺在他们之间的一个银盘上。安布罗斯非常麻利地把龙虾逐步卸开，一小份一小份地放在科斯莫面前，科斯莫就像一个很有教养的孩子般吃着这些东西。那些正在用餐的客人人头攒动的场面就像波浪起伏的海面，我只能看见女士们闪闪发光的耳环和项链，男士们白色的衬衫前胸。尽管如此，我却感到全世界都在目不转睛地盯住这两个吃龙虾的人。关于他们，我听到各种各样的说法，说他们是主仆、朋友、亲戚或者兄弟。关于这些推测当中的每一个，都有没完没了的赞成和反对。即便在那张小餐桌早已搬开，黎明透过窗户进入室内时，这种窃窃私语的讨论仍然在大厅里回荡。首先肯定是科斯莫的乖僻，加上安布罗斯确实堪称典范的得体，唤起了多维尔夏季客人的求知欲。这种求知欲在自然而然地增长，这两个朋友单独在一起的时候越多，他们拒绝接受人们每天给他们发出的邀请越频繁，人们作出的那些猜想就越大胆。就连安布罗斯那令人惊叹的善于辞令——同科斯莫的似乎完全不说话形成鲜明的对比——都成为引起种种推测的缘由。此外，科斯莫的特技飞行和马球冒险动作都源源不断地提供了话资。当科斯莫在赌场包间的一连串闻所未闻的好运开始出现时，对这两个奇怪的美国人的兴趣更是达到了登峰造极的程度。消息犹如野火般在多维尔蔓延。除了那些已经散布开来的谣言，现在还加上诈骗以及不正当交易的谣言，甚至就连那个业已提到的在餐厅的可疑夜晚，也再次成了议论的话题，说从未坐在轮盘赌台旁，而总是紧挨着站在科斯莫背后的安布罗斯，拥有催眠师神秘莫测的威力。我确实觉得在神秘莫测方面，唯一能与他相提并论的只有那位奥地利女伯爵——一个有着隐晦过去的女人，驻跸在我那多维尔梦境的稍微偏远的角落。她身材极其苗条，身穿极薄的灰色和棕色云纹绸衣，日日夜夜被一群男男女女的崇拜者包围。没有人知道她的真实姓名（在维也纳没有所谓的登博夫斯基女伯爵），没有人能估计到她的年龄，或者知道她是否结过婚还是说已丧偶。我第一次注意到这位女伯爵，是看到她在赌场的露天平台上摘下白色夏季凉帽，放到身边的栏杆上，除了她，没有一个女人敢这样做。我在从多维尔梦中醒来之前，最后一次看见她，是在饭店的客房窗前。天刚破晓。在苍白的天底下，海滩与大海一色，大海与长空一色。这时，她出现了，在灰白但逐渐扩展开来的曙光中，在空无一人的木板道散步。她的衣着极其难看，妆也化得极其可怕，牵着一只蹦蹦跳跳的白色安哥拉兔走来。此外，她身边还有一位制服绿得刺眼的俱乐部服务生。每当那只兔子不愿意再往前走时，他就朝兔子弯下腰，从搂在左肘窝的大花椰菜上拧下一点菜叶来喂它。

我面前的写字台上放着安布罗斯的日程本，是菲妮姨妈在我冬天前往锡达格伦西拜访时当面交给我的。这本一九一三年的袖珍日记本，用酒红色软皮包装，大致十厘米长、八厘米宽，很可能是安布罗斯在米兰买的。因为他于八月二十日在那里开始他的记载：H 宫殿，下午三点。M 夫人。晚上，S 戏院。马丁诺，V.E. 大街。三个半球。[1] 要读懂这些字迹很小的、经常在多种语言之间切换的文字，得费不少力气，如果不是那些将近八十

1　原文为意大利语。

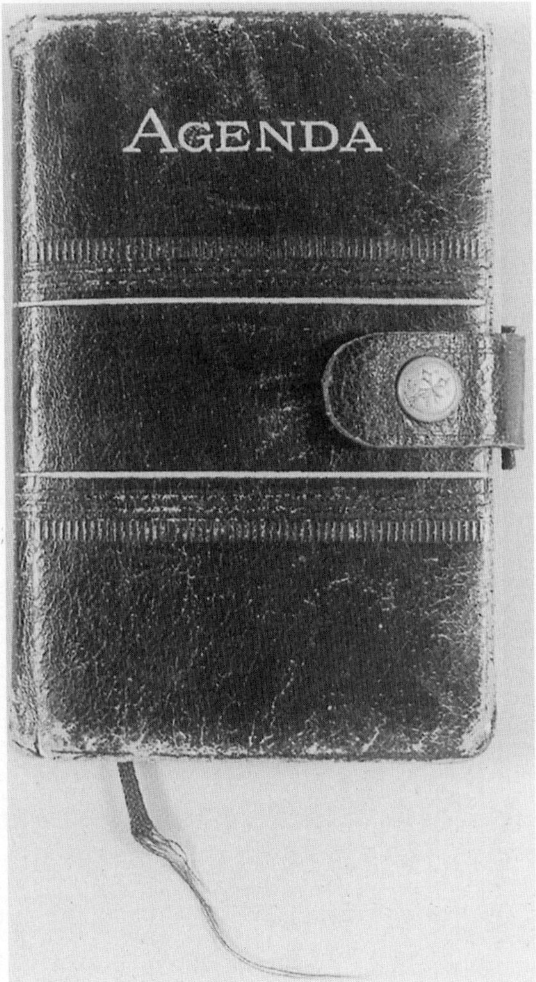
AGENDA

年前记录下来的字句，在某种程度上呈现出了内在的一致，很可能我根本就无法弄明白。从逐渐变得更为详细的记载内容可以推测出，安布罗斯和科斯莫于八月底乘蒸汽帆船离开威尼斯，前往希腊和君士坦丁堡。他写道：清晨，我在甲板上待了很久，在那里回顾。逐渐远去的城市灯光笼罩在雨雾之中。潟湖中的岛屿犹如幽灵般若隐若现。思乡。由于思念故乡，航海员在看见地平线时，写下自己的航海日记。[1]一天之后，他写道：离开克罗地亚海岸。科斯莫十分烦躁。晴空万里。没有树木的山丘。乌云密布。下午三点钟天差不多就黑了。暴风雨。我们收帆。晚上七点钟，狂风暴雨。海浪向甲板上袭来。奥地利船长在他的舱房里，点燃圣母像前一盏光线暗淡的油灯。他跪在地上，用意大利语，很奇怪地，为那些葬进这个神圣大海中的、可怜的、下落不明的海员祈祷。在暴风雨的夜晚之后，是风平浪静的一天。帆船启航，平稳地继续向南驶去。我整理那些弄得乱七八糟的东西。在前方暗淡的灯光中，在银灰色的地平线上，有一个小岛。科斯莫犹如一个领港员站在船首，对一个水手大声喊着"法诺"[2]这个词。是是哦是[3]，水手喊道，指着前方更大声

1 原文为法语。

2 意大利中部港口城市。

3 原文为意大利语。

地重复：法诺！法诺！然后，我看见那个已经隐没在黑暗中的小岛脚下有一道火光。那是岸边的渔民。他们当中有一个人挥舞着一根燃烧着的木柴。我们从旁边驶过，几个钟头之后驶入位于科孚岛北部海岸的卡西奥皮港。早晨船上噪声震耳欲聋。排除机器故障。同科斯莫上岸。登上坍塌的防御工事。一株冬青栎从城堡里长出来。我们就像躺在凉亭里一样，躺在浓密的树冠下。他们在下面用铁锤敲打蒸汽锅炉。在规定的时间外又搞了一天。我们夜里睡在甲板上。蟋蟀唧唧地叫着。被一阵拍打额头的风唤醒。在水道对岸，深蓝色的阿尔巴尼亚群山后面，白昼冉冉升起，将它的亮光照到仍然黑暗的世界上。与此同时，两艘海上游艇在一道道白烟下穿过这幅画面，它们走得这么慢，就像被一条绳子牵着一点点地挪过一个大舞台。很难相信它们正在离去，但它们最终还是在树木繁茂、深绿色的瓦尔瓦拉山顶的舞台侧景后面消逝不见。而在这山顶上面，则是一弯薄如蝉翼越来越圆的蛾眉月。——九月六日：从科孚岛出发，经过伊萨卡岛和帕特雷，进入科林斯湾。在伊泰阿，我们决定让船先走，自己走陆路前往雅典。现在，在德尔斐山中夜晚已经很凉。我们在两小时前穿上大衣，和衣而卧。马鞍当枕头。月桂树的树叶像小铁片一样轻声簌簌作响，马垂着头站在月桂树下。我们头上的银河——科斯莫说，那里是神灵走的路——是这么明亮，使我能借它的光亮记下这句话。要是我仰头直望高处，我就会看到天鹅座和仙后座。这也是我小时候在阿尔卑斯山，后来在日本湖中的房子，在太平洋和长岛海峡上见到的那些星星。很难相信我还是同一个人，而此时此刻身处希腊。但偶尔有欧洲刺柏树的气味向我们吹来，所以这大概是真的。

在这些夜间记载之后，初次较为详细的记录写于到达君士坦丁堡当天。昨天上午离开比雷埃夫斯，安布罗斯注明的日期是九月十五日。他写道，从越过大陆的辛苦旅行带回一些东西。风平浪静的海上航行。在甲板的遮阳顶篷下休息几个小时。从未见过更蓝的海水。确实是群青[1]。今天早上通过达达尼尔海峡。一大群一大群鸬鹚。刚过中午，在前方远远地显现出这座东方国家的京城，开初像海市蜃楼，然后，树木的绿色和鳞次栉比的彩色楼群变得越来越清晰。高高耸立的船上桅杆密密麻麻交织在一起，在海风中轻轻摇动，清真寺尖塔看起来也跟着有点摇晃。——在支付给的里雅斯特船长一笔现金之后，我们首先在佩拉宫饭店下榻。我们在喝下午茶时进入大厅。科斯莫往登记簿上写的是：费雷斯·所罗门，纽约，前往中国的旅途中。[2]佩拉，接待部经理针对

1 又称佛青，一种深蓝色的无机颜色。

2 原文为法语。

我的问题说道，佩拉就是对面，斯坦布尔对面。轻柔的管弦乐飘荡着，穿过门厅。在拉上的舞厅网眼窗帘后面，一对对舞者的身影在晃动。当爱情死亡时[1]，一个女人用幽咽婉转得近乎阴森的声音唱道。楼梯和房间富丽堂皇。高高的天花板下面是地毯里的风景画。浴室有很大的浴盆。从阳台可以眺望金角湾的美景。夜幕降临。我们观看暮色从四周的山坡向低矮的屋顶弥散，看到它从城市的深谷中升起，漫过清真寺铅色的圆顶，最后蔓延到清真寺在灯光熄灭前还突然特别明亮地亮了一下的尖塔上。——安布罗斯的记录现在不顾日期地继续往下延伸。他写道，没有人能想象到这样一座城市，有如此多大型建筑物，如此多各式各样的绿色。意大利五针松树冠高耸入云。金合欢树、栓皮栎、无花果树、桉树、欧洲刺柏、月桂树，真正的树木天堂、树木繁茂的山坡以及小溪和泉水潺潺流动的小树林。每次散步都充满惊异，甚至惊恐。这些景色犹如戏剧中的场景般一场一场地变换。一条有一些宫殿式建筑物的街道在一个山谷戛然而止。你参观一个剧院，穿过前厅的一道门出去，来到一座小树林。另一次，你拐进一条黑魆魆、越变越窄的巷子，以为自己被困住，在一个拐角处迈出绝望的最后一步，突

1 原文为法语。

然从一个有利位置看到了极其广阔的全景。你不断地往一个光秃秃的山丘上攀登，发现自己又出现在绿树成荫的山谷。你走进一栋房屋大门，然后站在街上。你在市场上有点随波逐流的意味，四周突然被墓碑环绕。因为就像死亡本身无处不在，君士坦丁堡的这些公墓也存在于现实生活中。就是说，要为每个去世的故人栽一株柏树。土耳其鸽子在茂密的树枝上筑起鸟巢。夜晚来临时，它们终止那哭泣般的咕咕声，分享死者的宁静。随着寂静的到来，蝙蝠便纷纷出动，匆匆上路。科斯莫断言，他听得到它们当中每只蝙蝠发出的叫声。——这座城市大部分建筑物都用木材建造。经过风雨剥蚀的棕色和灰色的薄木板和厚木板，低矮的双坡屋顶和向外凸出的阳台。就连犹太人居住区也是这种建筑。今天，我们穿过这个居住区时，街道的一个拐角处突然出现山峦起伏的蓝色线条和白雪皑皑的奥林匹斯山顶的远景。心脏跳动的瞬息之间，我以为自己又到了瑞士或者又回到了故乡……

我们在埃于普郊区找到一处住所，在一个有三条街道交汇的广场前的老清真寺旁。广场用石块铺成，被修剪过的悬铃木环绕四周，中间有一个用白色大理石砌成的圆形喷泉。许多来自内地的平民百姓在进城途

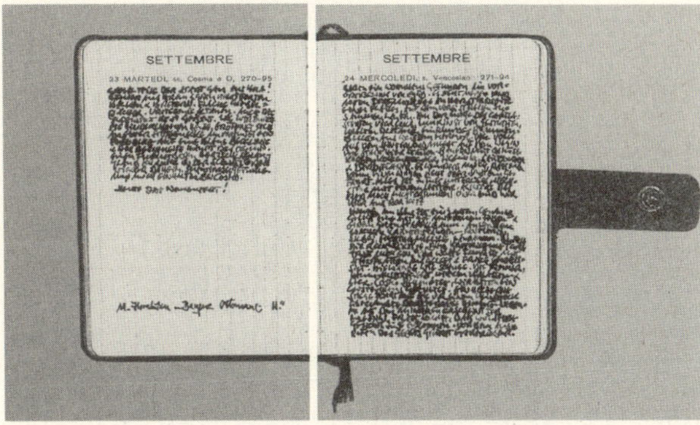

中，在此稍作停留。他们中有带着菜筐的农民、烧炭工人、吉卜赛人、走钢丝演员和耍熊人。我感到奇怪的是，几乎看不到一辆车或者任何别的交通工具。大家都走路，充其量是骑牲口。好像车轮还没有被发明似的。要么，就是我们不属于这个时代？九月二十四日意味着什么？——这座房子后面是一个花园，说得更准确一些，是一个有一株无花果树和一株石榴树的庭院。此外，还长着香草灌木——迷迭香、鼠尾草、桃金娘、香脂草。鸦片。人们通过一道漆成蓝色的后门进去。很宽的走廊铺着石板路面，刚粉刷成白色。墙壁雪白。房间几乎没什么陈设，显得冷清、空荡。科斯莫断言，我们租了一座鬼屋。一道木楼梯通向被葡萄藤叶遮住的屋顶平台。在清真寺尖塔回廊旁边出现一个身材矮小、呼报祈祷时刻的人。他离得那么近，我们连他的面部表情都能看得清清楚楚。在宣布祈祷前，他向我们打招呼。——我们在屋顶的葡萄藤下用我们的第一次晚餐。我们看见下面的金角湾里，几千只小船穿梭如织。伊斯坦布尔这座城市继续向右延伸，直到地平线。那上面被落日照亮的云层呈现出火红色、紫铜色和紫红色。快到清晨时，我们听到一阵非同寻常、还从未听到过的嘈杂声，就像露天聚集在非常遥远的原野或者山岗上的一群人的低声耳语。我们爬上屋顶，只见在我们头上拱起一个有黑白色图案的活动华盖，延伸至目力所及之处。这是不计其数的仙鹤在往南方迁徙。当天上午，我们在金角湾岸边的一家咖啡屋里还谈到这件事。我们犹如两个圣徒坐在一个伸出墙外、位于高处的露天阳台上。大帆船擦肩而过。人们感觉得到它们四周那成团的气流。老板说，在刮狂风的天气，这些帆船的帆桁不是撞坏窗户，就是把一盆盆花从窗槛捋走。——十月十七日：延误了我的笔记，倒不是因为日常生活要求，更主要的还是由于懒惰。昨天乘一只土耳其船出游，先从金角湾往下，然后沿着右边的、亚洲一边的博斯普鲁斯海岸往前。郊区留在了身后。林木葱郁的山崖，有常青树丛的斜坡。其间有零零星星的别墅和白色的夏季度假屋。科斯莫证明自己是一个优秀的水手。有一次，我们被不知多少只海豚包围。如果不是几千只，肯定也有几百只。它们就像一大群猪在用嘴拱海水，一再围绕我们游着，最后把头栽进水里离去。在深水海湾，大树枝垂下来，一直垂到旋转着的潮水上。我们就在其间穿行，划了几下，驶进一个由一些宁静的建筑物环绕的港口。两个赌徒蹲在码头上掷骰子。此外，见不到一个人影。我们走进小清真寺的入口处。一个年轻人坐在凹室的半明中诵读《古兰经》。他眼睑下垂，双唇翕动，上身前后摇摆。大厅中间，一个乡下人在做午后祈祷。他一次又一次地以额触地。然后，我感到他好像很久都保持着弯腰的姿势。一双脚掌在门口透进来的光线中闪亮。最后，他站起身，先向左右两侧的肩后各投去一瞥胆怯的目光——科斯莫说，为的是对那些站在他身后的保护神表示敬意。我们转身离去，从清真寺的半暗中，走进港口广场的沙白色光亮。当我们像沙漠漫游者那样，用手遮住被照射得看不见的双眼穿过广场时，一只有成年公鸡般个头的灰鸽子动作笨拙、摇摇晃晃地走到我们面前，给我们指点通向一条小巷之路，我们在那里遇到一个大约十二岁的伊斯兰教托钵僧。他穿一件非常宽大、一直拖到地面的衣服和一件同这件衣服一样用上等亚麻布缝制的紧身短上衣。这个极其漂亮的男孩头上戴一顶高高的骆驼毛无边便帽。我用土耳其语同他讲话，可他只是一声不吭地看着我们。返回途中，我们

的小船仿佛在自行沿着深绿色的悬崖滑行。太阳已经下山，海水是一个背阴的平面，但在四周的高处，有些地方还有一缕飘忽不定的光线。掌舵的科斯莫说，他不久还想同一位摄影师再出来一次，给那个儿童托钵僧拍一张照片留作纪念……

十月二十六日，安布罗斯写道：今天从摄影室取回

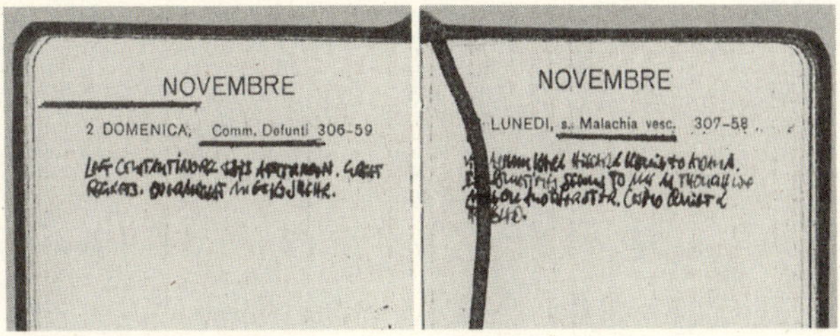

那个白衣男孩的照片。然后向东方铁路公司和奥斯曼银行了解继续旅行的有关事宜。此外，还买了一套土耳其服装，既是为科斯莫，也是为我买的。晚上查看列车运行时刻表、地图和卡尔·贝德克尔手册[1]。

这两个人选择从君士坦丁堡出发的路线，根据日程记载可以进行有几分把握的描述，尽管这些记载现在可说是少得可怜，而且还不时中断。他们很可能是乘火车往南穿越整个土耳其，到达阿达纳，然后从那里前往阿勒颇和贝鲁特。看来他们在黎巴嫩待了大约十四天，因为直到十一月二十一日才出现到达雅法的记载。他们一到达雅法，即通过在弗兰克斯饭店的代理人伊曼努尔·本钦格尔博士，花十五法郎租到两匹马，骑十二小时从海岸向北，前往耶路撒冷。行李随火车先走。二十五日清

1 卡尔·贝德克尔（1801—1859），德国书商，撰写多种广为流传的旅行指南。1827 年起建立以其名字命名的出版社，以出版他的旅行指南著称。

晨，科斯莫和安布罗斯已经上路，穿过那些橙树林，往东南方向，越过沙仑平原，往犹地阿走去。安布罗斯写道，经过圣地时经常远离正路。四周的岩石在阳光下闪着白光。走过一段又一段很长的路程，看不见树木、灌木，几乎连一小簇杂草也看不见。科斯莫话很少。天空转暗。大团尘雾在天空翻滚。令人毛骨悚然的荒凉和空旷。傍晚时又云开雾散。一抹玫瑰色彩霞笼罩在山谷中，通过前面山地的一个口子，我们看见远处那个被赞美的城市——*崩塌破碎的石头堆，沙漠女王*……夜晚到来之后一个小时，我们骑马走进位于雅法路的卡米尼茨饭店的庭院。饭店老板是一个头发搽着润发油的小个子法国人，他非常惊异地，简直是气愤地看着这两个满面尘垢的新来者，摇着头查看我们的登记册。只是在我请他务必让我们的马匹得到妥当的照料时，他才想到自己的职责，尽其所能，十分麻利地办好一切手续。房间的陈设异常奇特，让人不知自己身在何时或何地。眺望拱形石头屋顶。它们在苍白的月光下就像一片冰冻的大海。困得要命，一直睡到日上三竿。做了很多异国风情的梦。中午死一般寂静，只有雄鸡不停地鸣叫打破这种寂静。——今天，也就是说在两天以后，第一次在城里走一圈，然后出城去郊区。总的说来，印象很糟。几乎每家每户都是纪念品和祈祷用品的商贩。他们蹲在店铺的昏暗中，在各式各样橄榄木刻品和珍珠母装饰的杂物之间。从月底开始，有一万或者一万五千名基督教朝圣者，将从世界各地成群结队来到这里，将它们买去。新建的建筑丑得难以描述。大街上遍地垃圾。人们就在粪堆上行走!![1] 好些地方粉末状的石灰尘土深及脚踝。为数不多的植物在遭遇从五月开始持续不断的干旱之后，就像遭到疫病一样，蒙上这层石头灰。就像诅咒飘荡在城市上空。[2]衰败，全是衰败、消耗和空虚。没有任何一种商业或者工业的迹象。我们只遇到过一家动物脂肥皂厂和一个骨头-兽皮仓库，旁边一个很大的墓场，是剥兽皮工场的动物尸骨堆放地。中间一个很大的洞。凝结成块的血、成堆的内脏、黑褐色的牛羊杂碎在太阳下面干缩、烧毁……此外，就是一个又一个的教堂、修道院、各种宗派的宗教和慈善设施。朝北是俄国主教座堂、俄国男女朝圣者旅馆、法国圣路易医院、犹太盲人之家、圣奥古斯丁会的教堂和朝圣者旅馆、德国学校、德国孤儿院、德国聋哑人收容所、伦敦犹太人传教团学校、阿比西尼亚教堂、圣公会教堂、教士团及主教之家、多明我会修道院、圣

---

1 原文为法语。

2 原文为法语。

斯特凡神学院及教堂、罗特希尔德女子学院、以色列人联合会职业学校、法国圣母院教堂和毕士大池边的圣安妮女修道院；在橄榄山上屹立着俄国教堂尖塔、耶稣升天小教堂、法国主祷文教堂、加尔默罗会女修道院、奥古斯塔－维多利亚皇后基金会大楼、俄国东正教的抹大拉的马利亚教堂、万国教堂；在南边和西边有锡安山亚美尼亚修道院、新教教会学校、圣文森特修女会、约翰骑士团医院、嘉勒修女会、蒙蒂菲奥里朝圣者旅馆和摩拉维亚教会麻风病院。在城内有拉丁主教的教堂和官邸、

岩石圆顶清真寺、基督教教徒教义的修士学校、方济各兄弟会的学校和印刷厂、科普特修道院、德国朝圣者旅馆、德国新教救世主教堂、亚美尼亚联合会所谓的圣母痉挛教堂、锡安修女修道院、奥地利医院、阿尔及利亚布道团修士会的修道院及神学院、圣安娜教堂、犹太人朝圣者旅馆、阿什肯纳齐和塞法迪犹太会堂、圣墓教堂。在这些教堂大门口有一个长相畸形、鼻子奇大的矮子提供向导服务，陪伴我们穿过修建得纵横交错、纷繁杂乱的十字形耳堂和过道、礼拜堂、神龛和圣坛。他身上穿一

套据我看是始于上世纪的、黄得刺眼的礼服大衣，两只罗圈腿套着一条有天蓝色条纹的、过时的骑兵裤子。他迈着碎步，总是半身朝向我们，蹦蹦跳跳地走在我们前面，一直不停地用一种很可能被他认为是德语或英语，但实际上是由他自己发明，我无论如何根本就听不懂的语言讲解。每当他的眼睛看到我时，我都感到自己恰似一条无主的狗一般遭到蔑视和冷遇，甚至后来在圣墓教堂外，都还有一种持续不断的压抑感和愁闷。不管我们朝哪个方向走都一样，这些道路会一再到达许多穿过城市、比那些山谷更为陡峭的峡谷的边缘。这些峡谷如今都堆满了千年垃圾，所有地方的粪肥公然地流进其中。正因为如此，无数水井的水变得无法饮用。昔日的西罗亚池只剩下腐烂的小池沼和粪窖，从这些地点的烂泥中产生的瘴气就成为每年夏天在此地肆虐的传染病的起源。科斯莫重复道，他对这个城市感到害怕得要命。

十一月二十七日，安布罗斯记载道：他去位于雅法路的拉德照相馆，按照科斯莫的意愿，拍一张他身穿有条纹的阿拉伯服装的照片。他继续写道：下午出城，登橄榄山。我们经过一个藤蔓已经枯萎的葡萄种植园。黑色葡萄藤下面的土地呈铁锈色，已干缩、烤焦。很难找到任何一种野生橄榄树、荆棘灌木丛或者少许牛膝草。

在橄榄山上有一条沿着山脊的骑马道。在约沙法谷[1]——据说整个人类最终将在这里聚集——对面，这座默然不语的城市同它的圆屋顶、城垛和废墟一起，从白色的白垩岩石中拔地而起。屋顶上没有声音，没有烽火信号，什么也没有。纵目远望，目光所及之处，不见一个活人、一只一闪而过的动物，或者哪怕只是在飞翔的小鸟。有人说，地上全是该死的[2]……另一边，在大约一千多米的深处，是约旦河和死海的一部分。空气是如此洁净、稀薄又透明，以至于人们不用考虑，就会伸出手去摸下面河岸边的柽柳树。我们还从未被这样一种潮水般的光线包围过！我们在往前一点的一个山洼找到一个休息的地方。山洼地里长着一株畸形的小黄杨树和几丛苦艾灌木。我们靠着岩石坐了好久，感觉到万物都在逐渐变得昏暗……晚上查看在巴黎购买的旅行指南。它显示过去的耶路撒冷呈现的是另外一番景象。世上十分之九的光彩都集中在这个金碧辉煌的首都。沙漠商队带来香料、宝石、丝绸和黄金。大量商品从雅法和亚实基伦的海港运来。艺术和贸易达到鼎盛。在城墙前是一些精心建造的花园。约沙法谷被雪松覆盖，那里有溪流、泉水、鱼池、很深

1　又称断定谷，见《旧约·约珥书》：“我要聚集万民，带他们下到约沙法谷，在那里施行审判。”（据和合本）

2　原文为法语。

的水道，遍地荫凉。然后，破坏之时到来。凡是四个小时路程能到的居民点，都被夷为平地，灌溉设施被毁坏，树木和灌木被砍倒、烧毁、连根拔起。有好些年凯撒们有意让这个地方不可能住人，此后的时代里，耶路撒冷也一再受到攻击，获得解放，被带来和平，直到最后完全荒芜，应许之地那无与伦比的财富不复存在，只剩下一钱不值的石头和那些在此期间漂洋过海来到此地、散居各处的居民头脑里漫无边际的想法。

十二月四日：昨夜梦见同科斯莫穿越在空旷中熠熠发光的约旦河谷。一位瞎眼导游走在我们前面。他用手杖指着地平线上一个隐约可见的村庄，连喊了几声：埃尔－里哈、埃尔－里哈。随着我们靠近，埃尔－里哈原来是一个被沙尘暴肆虐的肮脏村庄。全体居民聚集在村边，在一个业已倒塌的制糖厂的背阴处。我们有这样的印象：他们全是乞丐和拦路抢劫的强盗。引人注目的是，很多人都患了痛风，成为驼背或身形毁坏。其他那些人不是有麻风病，就是甲状腺肿得厉害。现在我看到，他们是清一色的戈布雷希茨人。护送我们的阿拉伯人用长枪对空中射击。我们骑马走过他们身边时，总被不怀好意的目光盯着。在一个低矮的山岗脚下搭起黑色帐篷。那些阿拉伯人把一堆小火扇旺，把犹太锦葵和薄荷叶煮成一种深绿色的汤。他们把这种汤盛在一个白铁器皿中，同柠檬片和捣碎的谷粒一起给我们端过来。夜色很快降临。科斯莫点燃灯，在彩色地毯上打开他的地图。他指着许多空白点当中的一个说：我们现在是在耶利哥。这块绿洲有四个小时路程长、一个小时路程宽，能与其罕见之美相提并论的，也许就只有大马士革的天堂果园——大马士革令人赞叹的果园[1]。它给这里的人们提供了所有的东西。无论人们种什么，它立即就会在松软肥沃的土地上长出来。那些花园百花盛开，四季不断。闪亮的小棕榈树林中，发绿的种子在摇晃。夏天的灼热被无数河流和河谷草地，被树梢和遮住路面的葡萄叶减弱。而冬天的气候如此暖和，这片极乐之地的居民只穿亚麻布衬衣走来走去，即使不远处的犹地阿山上一切都在皑皑白雪之中。——在关于埃尔－里哈村之梦的描述之后，接下来是好多页空白。在这段时间，安布罗斯必定主要在忙着招募一帮阿拉伯人以及购置去死海探险所需的装备和给养，因为在十二月十六日他写道：三天前从朝圣者人满为患的耶路撒冷出发，骑着马往下走，穿过汲沦谷，进入世界上最低的地方。然后在耶示门山脉下面沿着湖边，往艾因盖迪行进。通常人们对这种湖滨地区会有这样一种概念，认为它遭到热风侵袭和硫磺烧灼的破坏，

1　原文为法语。

几千年来都淹没在盐和灰中。我亲耳听人说，这个湖差不多有日内瓦湖那样大，像熔化的铅一样一动不动，但是偶尔也会泛起一层闪着磷光的泡沫。据说没有一只鸟儿在飞越湖面上空时不会窒息而死。又有人说，在明月皎皎的夜晚，从湖的深处会升起一道阴森恐怖的苦艾酒色的微光。我们没有找到能证明这些说法的任何证据。事实上这个湖有着极其清澈透明的水平面，拍击岸边的波涛激起浪花，发出轻轻的哗哗声。在右边的高原上有绿色深谷，从深谷中显露出一些溪流。值得注意的是一道神秘莫测的线条。这道白线清晨出现，横穿湖面，几个小时后又消失不见。对此现象，没有人，包括我们的阿拉伯人向导易卜拉欣·希什梅，能解释其成因。艾因盖迪本身就是一个有纯净的泉水、植物生长繁茂的福地。我们在靠近岸边灌木丛的地方建立了我们的宿营地。在这个灌木丛里，丘鹬走来走去，有棕蓝色羽毛的红嘴鸫科鸣鸟在歌唱。我想起昨天看见的一只大黑兔和一只有金色斑点翅膀的蝴蝶。晚上，我们坐在下面的湖滩上，科斯莫说，南岸的琐珥从前就像这里一样。那里现在只能找到蛾摩拉、鲁马、索多玛、赛阿德和塞布阿五座覆灭之城的遗迹，而昔日在永不枯竭的河道旁长着六米高的欧洲夹竹桃灌木林，就像在佛罗里达有金合欢树林和牛角瓜树一样。有水灌溉的果园和甜瓜地延伸到很远的地方。从瓦迪凯里克峡谷——他从探险旅行家林奇的作品中读到这样的描述——往下流出来一条哗哗作响的林中急流，它那骇人的怒吼是唯一可以同尼亚加拉瀑布相提并论的。——在我们逗留艾因盖迪的第三个夜晚，外面的湖面上刮起一阵呼呼作响的狂风，把沉重的湖水搅动。岸上比较安静。那些阿拉伯人早已在马匹旁入睡。我还坐在我们朝天敞开着的营地里，在摇摇晃晃的灯笼的灯光下，没有上床。科斯莫稍微蜷缩着身子，在我一旁打盹儿。这时，一只鹌鹑也许是受到湖面狂风的惊吓，逃进他的怀抱，放心大胆地待在那里，就好像待在本来就属于它的地盘。可是黎明时，科斯莫动了动身子，它便迅速奔跑着穿越平地，就像其他鹌鹑那样起飞，片刻工夫便极其敏捷地扑棱着翅膀，然后僵硬地、一动不动地伸展开来，围绕一个小丛林飞了一个极其漂亮的弧形，才离去。这是在日出前不久发生的事。在湖水彼岸，相距大约十二英里的地方，阿拉伯的摩押山脉蓝黑色的山脊线平直地沿着地平线延伸，只是在某些地点稍微有点升高或者下降，以至于让人觉得，是着色师的手在用水彩颜料画画时稍微抖动了一下。

我舅公阿德尔瓦尔特的袖珍记事本中最后一次记载，

作于圣斯特凡节[1]。上面写道：科斯莫在回到耶路撒冷后突然发高烧，不过已经在康复当中了。此外，舅公还注明：前一天傍晚时分开始下雪。当他透过饭店窗户往外观看这座在暮色降临时白雪纷飞的城市，他一定会想到从前，想到很多。他在一次笔录中补充道：我总觉得回忆是一种愚蠢的行为。回忆使人的头沉重而晕眩，好像人不是在时间的逃避中往回看，而是从顶点消失在云端的塔楼的极高处落到大地上。

1　每年12月26日为圣斯特凡节。

马克斯·费尔贝尔

他们黄昏时到来，寻求生路

直到二十二岁时，我还从未去过离家超过五六个小时火车路程的地方，所以当我出于种种考虑，于一九六六年秋天决定移居英国时，我对那儿是什么样子，对我只能靠自己挣钱过日子，在异国他乡要怎样才能适应环境，几乎都没有充分想过。我在没有什么忧虑的情况下，坐飞机经受了从克洛滕到曼彻斯特差不多两个小时的夜间航行，这也许应当归功于我的没有经验。飞机上只有少量旅客。这些旅客都穿着大衣，而且我记得，他们坐在半明半暗、相当冷的机舱里，彼此之间相距甚远。如今，人们多半会同好多人极其可怕地挤在一起，被机组人员持续不断的过分殷勤弄得心慌意乱，而我经常为一种几乎无法控制的对飞行的恐惧所困扰；但那一次平稳地穿越夜空，我充满了一种安全感（我现在知道，这是一种错觉）。在我们飞过陷入黑暗之中的法国和英吉利海峡之后，我十分惊奇地往下看，看到从伦敦南郊一直延伸到英格兰中部地区的灯网。我感到这张灯网的橙黄色钠灯光泽是我从现在起，就将生活在另一个世界的第一个征兆。只是在我们接近曼彻斯特东部山区时，这些路灯链才慢慢消失在黑暗之中。与此同时，在笼罩着整个东边地平线的云层后面，升起一轮惨淡的月亮。月色中，那些先前看不见的山岗、圆形山顶和山脊在我们下面，犹如一片辽阔的、正在做伸展活动的灰白色大海。飞机发出刺耳的隆隆声，震动着机翼，从高处往下飞，直到在看似近在咫尺的距离，从一座光秃秃、伸得很长的山那有罕见突起条纹的侧面飞过。我觉得这座山就像一个躺着的庞大身躯，偶尔还会上下轻微起伏地呼吸。飞机飞了最后一个“8”字形，在发动机的轰鸣声变得越来越厉害的情况下，飞过空旷的原野。至此，我们应该可以辨认出曼彻斯特的整个范围了吧。但是，除了一道微光的闪烁，犹如来自几乎在灰烬中闷熄的火，什么也看不见。一块雾毯从潮湿的、一直延伸到爱尔兰海的兰开夏平原上升起，覆盖在这座有上千平方公里、用不计其数的砖建成、有几百万死者和活人居住的城市上空。

尽管这架瑞士飞机只有十来个人下机，但在灵韦机场，几乎花了一个钟头，我们的行李才从活板门里出来，到我办完验关手续，又费了一个小时，因为这些在夜晚快结束时——可以理解——都感到无聊的官员，突然以异乎寻常的耐心和仔细来对待我这种在当时十分罕见的情形：一个持有各种证明、证书和证件的大学生，计划要在曼彻斯特住下从事研究。因此，当我乘上一辆出租车往市中心去时，已经是凌晨五点钟了。与现在相反，那时欧洲大陆的经商狂热尚未蔓延开来，在英国的城市里，清晨五点钟路上没有一个人。所以我们只是偶尔被交叉路口的红绿灯拦住，很顺利地便穿过看起来多少有点像郊区的加特莱、诺森登和迪兹伯里，向曼彻斯特市中心驶去。天刚好在这时开始破晓，我惊奇地看到车外那些千篇一律的成排房屋。我们离市中心越近，城市就越给我留下一种无人照管的印象。在莫斯塞德和休姆，整条整条街道房屋的门窗都被钉死，整个城区的所有建筑物都被拆毁。所以一个人能够越过以这种方式出现的荒地，望见一英里外聚集着依旧显得极其了不起的、宏伟的维多利亚女王时代的办公楼和仓库，它们是十九世纪诸梦幻城市中的一座的中心，但实际上就像我马上就会发现的那样，几乎被彻底掏空。当我们驶进大多为七层到九层高、用红砖砌成、有一部分被上了釉的瓷砖铺得十分漂亮的建筑物之间的峡谷时，事实证明，甚至在这里，在市中心，尽管这时已经差一刻就六点，仍然不见一个人影。人们确实会认为，这座城市早已被它的居民抛弃，现在更像是一个独特的停尸房或者陵墓。我请求出租车司机载我去一家——像我所说的那样——不太贵的旅馆。他向我暗示，这样的旅馆在市中心几乎就没有。但在来回转了几圈之后，他从布里奇沃特大街拐进一条狭窄的小巷，在一座几乎不到两扇窗户宽的房子前停下。这座房子被煤炭熏黑的正面，安着弧形的广告牌，牌上用霓虹灯写着阿罗萨这个名字。

尽管不停地按铃，[1]司机告别时说。而确实是在我不得不多次且持续不断地按门铃之后，里面才开始有了动静。几声丁零当啷响，拉开门闩的响动，门被一个不到四十岁的女士打开，她的金发蓬松却又显现出波浪形，有点罗累莱[2]的风味。我们相对无言地站了一会儿，很可能两人脸上都露出不信任的表情。我站在我的行李旁，她穿着她那件玫瑰红睡袍，这种大衣用一种类似毛巾布、只在英国下层的卧室里才用得上、被莫名其妙地用烛芯这个词来命名的衣料做成。厄拉姆夫人——是的，厄拉姆就是曼彻斯特的那个厄拉姆[3]，后来我一再听到她对着电话机这样讲——厄拉姆夫人用这个把她看到我时感到的惊吓和高兴概括在一起的问题打破了我们之间的沉默：那你是从哪蹦出来的？对这个问题，她紧接着自答道：只有一个外国人——按照她的说法，“侨民”——才会带着这样的箱子，在神圣的星期五的早晨这样一个不合适的时刻站在门口。但是随后，厄拉姆夫人带着一种神秘莫测的微笑转过身去，我把这理解为一种可以跟她走进室内的信号。她走进一个与小前厅毗连、没有窗户的房

1　本篇仿宋部分，原文为英语。

2　德国传说中出没于莱茵河的女妖，以其美貌和歌声诱惑船夫，使船触礁沉没。

3　厄拉姆为英国大曼彻斯特地区索尔福德市的一个镇。

间。在这个房间里，有一张堆满各种信件和文件的卷盖式写字台，一个塞满各种床上用品和烛芯布料毛巾被的红木柜，一台古旧的壁挂式电话机，一块钥匙挂板，以及黑漆相框里一张漂亮的救世军女孩的大幅照片——在我看来，它彰显着一个率性的存在。女孩身穿制服，站在一道爬满常春藤的墙前，肘窝夹着闪闪发光的富鲁格号。照片下面，在相框有霉斑的纸板上，用倾斜得十分厉害的、流畅的字迹写着：格雷西·厄拉姆，曼彻斯特，厄姆斯顿，一九四四年五月十七日。格雷西·厄拉姆当面交给我一把钥匙。三楼，她说道，然后扬起眉毛，指点穿过小门厅的路，补上一句，电梯在那一边。电梯很窄，我好不容易才拎着我的箱子挤进去，电梯间的地面很薄，可以感觉到仅仅一个乘客的重量就使它陷了下去。后来我几乎就再也没有用过电梯，尽管我要花费更长时间，才能在房间门、卫生间门和炉门，在光线昏暗的走道、太平门、楼梯平台和楼梯的纷繁错乱中，不至于每次都迷失方向。我在这天早上搬进去、在第二年春才离开的这个房间有大花图案的地毯和蓝紫色墙纸，配备的家具有一个衣柜、一个小盥洗台和一张铁架床，床架上铺着一床烛芯布料毛巾被。透过窗户往下，可以看到各种各样快要倒塌的石板瓦屋顶建筑物和一个后院。整个秋天，老鼠都在这个后院里跑来跑去，直到圣诞节前几个星期，一个身材矮小、名叫伦菲尔德的捕鼠人三番两次带着一只有凹痕的、装满毒鼠药的小桶来到这里，用一把捆在一根短棍上的汤勺往各个拐角、壕沟和管道放毒药，使老鼠的数量在几个月之间大大降低。但如果不是往下看后院，而是越过这个后院往前看，可以看到黑色运河对面北方铁路总公司开着上百扇窗户的仓库，夜里不时会有闪烁不定的灯光一掠而过。

我到达阿罗萨旅馆那天，就像接下来的那些时日、星期和月份一样，被异常的寂静和空虚所占据。上午那几个小时，我腾出我的箱子和提包，堆放好洗涤物和衣服，整理文具和其他杂七杂八的家当，直到被彻夜不眠弄得十分疲倦，我便躺在铁床上，把脸埋进散发出紫罗兰肥皂淡淡香味的烛芯布料毛巾被里，呼呼入睡。将近三点半钟，当厄拉姆夫人敲我的门时，我才醒过来。她端着一个银托盘，给我送来一件我从未见过的电器，看来是对我表示特别欢迎。她给我说明，这是一件所谓的茶婆子，既是闹钟，又是茶壶。这套装置固定在一个象牙色白铁座架上，用闪闪发亮的不锈钢做成，煮茶时蒸汽从它里面冒出来，就像一座袖珍发电厂。闹钟的表盘在暮色降临时会立刻发出荧光，呈现出一种我童年时代就熟悉的静谧的淡绿色，我在夜里经常感到自己莫名地受到这种淡绿色的保护。也许这就是为什么每当回想起初抵

曼彻斯特的那些日子，我老是觉得，仿佛是这个由厄拉姆夫人，由格雷西——她曾经说过，你得叫我格雷西——送到我房间来的煮茶器，这个既实用又奇特的器具，在夜晚通过它的闪光，早上用它轻声的沸腾，白天通过它单纯的存在，让我当时坚持活下去。那时，我同过去一样，受到一种莫名的离群索居的情绪困扰，很容易就会自寻短见。这些东西很有帮助。格雷西在这个十一月的下午，给我展示茶婆子的实际操作时这样说道；她说得一点也没错。在介绍完被格雷西称为一个电的奇迹的秘密之后接着进行的亲切友好的交谈中，她一再强调，尽管有时在晚上不得不忍受有些人的来来往往，但她的旅馆仍然是一个安静的住所。有时候，她说，那儿确实乱哄哄的。但你不用担心，那是些旅行的先生在来来往往。

在阿罗萨旅馆，确实只有在办公室下班后，门才会打开，楼梯才会嘎吱嘎吱作响，才会遇到格雷西提到的那些客人，一群匆匆忙忙的男士，几乎无一例外地身穿磨得发亮的华达呢大衣或者雨衣。每次将近夜里十一点钟时才安静下来，那些花枝招展的女士也跟着销声匿迹。说到这些女士，格雷西毫无嘲讽的意思，只用了个显然是她独创的集合名词——男士旅伴。

整个星期每个晚上在阿罗萨旅馆繁忙的业务活动，经常会像在市中心的全部日常生活那样，在星期六晚上陷于停顿。除了在很罕见的情况下被那些散兵游勇式的过路旅客——所谓的非正规军——中断，格雷西会坐在账房的卷盖式写字台前结算账目。她尽可能将英镑纸币弄平，小心翼翼地将砖红色十先令纸币摞起来，像巫师念念有词般喃喃数着，直到结果至少有两次相同为止。她一丝不苟地把硬币——往往这些硬币都积累到可观的数量——堆叠成相等的紫铜圆柱、黄铜圆柱和银圆柱，然后开始查点总数。这时，她借助一种既用手操作，又进行计算的方法，首先通过十二进制，将三便士和六便士转换成先令，再把先令，把弗洛林和半克朗通过二十进制转换成英镑。接下来，将这笔英镑总数倒回去，转换成畿尼这种当时较好的商业机构仍在使用的金币。这样做虽然一直是财政运算中最难的部分，但同时也是毋庸置疑的光辉顶峰。格雷西在她的小记录本上注明日期、附上签名、记下金额，然后把这笔钱整整齐齐放入写字台旁一个嵌进墙内的皮克利和帕特里克里夫特牌保险柜。星期日大清早，格雷西肯定要拎着一只小漆皮箱出门，然后肯定会在星期一中午回来。

至于我，在这家每个星期天都空无一人的旅馆里，内心经常充满着毫无目标和徒劳无益的强烈感情，所以只是为了维护一种有方向的幻觉，我就出发进城去，在上世纪那些被时光变黑的雄伟建筑之间晃荡。在这罕见的、确实是阳光明媚的时刻，冬日的艳阳把空无一人的街道和广场照得通体发亮，我在闲逛中一再震惊于这座红煤色的城市——工业化正是从这里传播到全世界——在将自身那业已明显的慢性衰退和退化的种种迹象展示在观察者面前时的毫无保留。显得如此冷清和荒凉的，还有那些宏伟的建筑物——伦敦交易所、庇护保险公司、格罗夫纳电影院，甚至还有那个几年前才建成的皮卡迪利广场，以至于一个人会认为出于神秘的原因，自己被建筑立面或者剧院环绕。然后一切于我而言显得完全不真实，当我先前一直认为是迁徙的鸣禽的椋鸟，在阴暗的十二月天下午三点钟就可能已经开始的暮色苍茫中，以多到几十万的数量，形成黑压压的鸟云穿越城市上空，没完没了地叫个不停，落到百货商店和仓库的房檐和壁架上，紧紧挨在一起过夜。

我在星期天的游览逐渐超出市中心的范围，进入紧挨着的地区，譬如维多利亚车站后面、环绕着星形的斯特兰奇韦斯监狱的昔日犹太人居住区。直到两次世界大战之间，这里都是曼彻斯特大型犹太人社区的一个中心，但在居民迁往郊区之后，这个临时住处被市政当局夷为平地。我只找到唯一一排无人居住的房屋，风在破烂的门窗之间呼啸而过，作为这里确实曾经有人住过的标记。一家律师事务所几乎无法辨认的招牌上，写着使人感到具有传奇色彩的名字：格利克曼、格鲁恩瓦尔德和戈特格特罗伊。甚至在阿德威克、布伦瑞克、阿尔森茨、休姆和安吉菲尔茨这些毗邻市中心的南部地区，以平方英里计的工人住房也被官方拆毁，以至于在运走建筑垃圾之后，只有方格状的街道布局显示出曾经有几千人在这里居住过。每当夜幕降临到这些我称之为“至福乐土”

的空旷原野上，小火光就开始在各处闪烁，孩子们不安静的身影在小火光四周站着和跳来跳去。这片荒芜之地犹如围绕着市中心延伸出的缓冲区。总之，在这个地区只会遇到孩子，他们三三两两、成群结队，要不就是独自一人在那里东奔西跑，就好像他们哪儿也没有一个家。这使我想起，有一次在一个十一月的傍晚，白雾已经开始从地上升起，我在空无一人的安吉菲尔茨的十字路口遇到一个小男孩，他在一辆小推车里放着一个用塞满的旧东西做成的假人，为他这个不会说话的同伴向我——看来我很可能是当时在这附近路上仅有的一个人——要一个便士。

如果我没记错的话，到第二年春天，我开始沿着运河岸边——从我的房间越过运河，可以看到北方铁路总公司的仓库——朝西南方向，试图经过圣乔治大街和奥德萨尔大街出城。在这阳光灿烂的日子，泛着黑光的河水在被又重又大的方石围起来的河床里，映现出天空飘忽的白云。我现在还记得，这寂静如此不可思议，我仿佛听到空荡荡的仓库和货栈里的叹息声，当几只海鸥突然发出刺耳的尖叫，从高耸入云的建筑物的阴影中飞出，飞到光天化日之中时，我吓得要命。我路过一家早已停工的煤气厂，路过一家煤炭仓库、一家骨灰厂，路过奥德萨尔屠宰场那道我觉得是永无尽头的铸铁栅栏，路过

一座用纯猪肝色砖砌成的哥特式城堡。看到这座有胸墙、城垛，以及很多小塔楼和大门的城堡，纽伦堡圣诞姜饼制造商黑贝尔莱茵和梅茨格的名字犹如一种恶毒的嘲弄，开始在我脑海里转来转去，在那天剩下的时间里就没有消停过。三刻钟后，我到达曼彻斯特港口船坞。几英里长的人工水池从拐了一个大弯通往城里的通航运河分叉，形成很宽的河汊和水面。可以看到，这些河汊和水面，好多年来都是死气沉沉的。在那儿的码头边，停靠着寥寥几条彼此相距很远、显得异常破败的小船和货船，让人联想起一次针对全人类的终结性的海难。在离港口入口旁的船闸不远处，我在从船坞岔出的一条拐向特拉福德公园的街上，偶然发现了一块用潦草的笔法书写的“前往艺术家工作室”的牌子。它标明了一条通向一个用石块铺成的庭院的路。庭院中间的一块小草坪上，有一株小杏树正开着花。这个庭院当初很可能属于一个运输企业，因为环绕它的，一部分是单层马厩和车库，一部分是一些两三层高的昔日住宅楼和商务办公楼。那个艺术家工作室，就在这些看来是被遗弃的楼当中的一栋楼里。后来的几个月里，每当我认为我可以就我的拜访给出像样的说法，就到这间工作室去，同那位画家交谈，他从四十年代末起就在这里工作，日复一日，每天十个小时，星期日也不例外。

一个人要是进入这间工作室，在双眼习惯那里奇特的光照条件之前，需要相当长的一段时间。当他开始再进行观察时，他会觉得，在这个也许有十二米长、十二米宽、目光无法看透的房间里，一切好像都在慢慢地，同时也是不停地向中间移动。汇集在各个角落的黑暗，留下潮痕的圆肿的灰泥和墙上脱落的油漆，装满书籍和成堆报纸的框架，箱盒，工作台和边桌，翼状椅，煤气灶，床垫，相互交错、堆积如山的纸张，餐具和各种物品，在黑暗中闪烁着朱红色、叶绿色和铅白色调色的调料罐，两个石蜡炉的蓝色火苗：所有家什都在一毫米一毫米地向工作室的中央前进。费尔贝尔的画架便安放在那里，在透过蒙着几十年灰尘的北窗进入室内的惨淡光线中。因为他大量涂颜料，而且在工作进程中，又把这些颜料一再从画布上刮下来，所以地板上覆盖着在中心有好几英寸厚、向外逐渐变得稍薄一些、同木炭粉混在一起、已经变硬结壳、有些地方像火山熔岩喷流的表皮。关于这层表皮，费尔贝尔断言，这是他不懈努力的真正成果，是他失败的最明白无误的证明。对他来说，它永远都具有极其重大的意义。有一次他偶然说道，在他的工作室什么都不会变化，一切都保持原样，就像从前他所布置的那样，什么也不会添加，除了作画时产生的垃圾，除了不断落下的灰尘这种使他感到——正如他慢慢意识到的——几乎是他在世界上最亲近的东西。他说，他感到灰尘比日光、空气和水更亲近。没有什么像一栋把里面的灰尘都掸掉的房屋那样叫他难以忍受。也没有任何地方会比这样的地方更让他感到像在家里一样自在——在那里，各种东西都可以不受干扰、安安静静地放在灰丝绒般细腻的泉华[1]下面，这种泉华是在物质一点一点地化为乌有时产生的。我确实老在设想，当我看见费尔贝尔好几个星期都在画他的一幅人物画习作时，他首先关切的是灰尘的增多。他狂热地、全身心地作画，往往在很短的时间内就要用掉半打用柳木烧成的木炭笔。这样在厚厚的皮革纸上来来回回作画，同时又用满是木炭粉的羊毛抹布不断擦去的过程，实际上等于什么也没做，除了生产灰尘，而且只有夜间的几个钟头才停止。使我一再纳闷的是，费尔贝尔在一个工作日快结束时，怎样将为数不多逃脱毁灭的线条和阴影直接组合成一幅画，而更使我感到惊异的是，第二天早上，只要他瞟了坐下来的模特一眼，肯定又会把这张画擦掉，以便在已经连续遭到严重损害的底子上，重新挖掘他对面这个已被这一工作方式弄得明显疲倦的人在他看来——如他所说——终究是不可知的面部表情和眼神。在费尔贝尔摒弃了也许是四十张画稿，或者更确切地说，又把画稿上的画擦掉，然后用另外的草图覆盖之后，如果他下定决心结束画作，更多并非因为他确信它已完成，而仿佛是出于极度疲乏的最终放手。所以在旁观者看来，这幅画好像就来自列

1 指矿泉四周由于盐类沉积所形成的结壳。

祖列宗那灰色的、回归到灰烬中但一如既往的脸，幽浮在备受蹂躏的纸上。

在开始工作前的早上和在离开画室后的晚间，费尔贝尔通常都在位于特拉福德公园旁的所谓路边小餐馆度过。这家小餐馆由我不知从哪儿认识的熟人韦迪·哈尔法经营，位于一栋此外无人居住的摇摇欲坠的房子的地下室，很可能没有任何执照。在居留曼彻斯特的三年间，我至少每周一次在这家特别的餐馆探望费尔贝尔，很快就像他那样抱着毫不介意的态度，吃着那些可怕的一半是英国式、一半是非洲式的菜，这些菜由韦迪·哈尔法的厨师，在一个修在吧台后边的野战厨房式的屋子里，用一种无与伦比的、漫不经心的优雅姿态烹调出来。他的左手能够仅仅用一个滑动式慢动作——他的右手总是插在裤兜里——从盒子里取出两三个鸡蛋，打到平底锅里，让蛋壳消失在垃圾桶里。费尔贝尔在我面前声称，这位几乎有两米高的韦迪·哈尔法的厨师，是一位年近八旬的昔日马赛人[1]酋长。他的漫游——不知绕了哪些弯路——使他在战后年代，从肯尼亚南部地区一直流落到英国北部，他在那里立即掌握了惯常的厨艺基本技能，而且从流浪生活转向他现在的职业。至于那些与稀稀落

1 东非的一个游牧民族。

落的客人相比显得人数众多且极其无聊地在韦迪·哈尔法餐馆站着和坐着的侍者，费尔贝尔向我保证，他们无一例外全是酋长的儿子，当中年纪最大的估计有六十多岁，最小的有十二三岁。因为他们全都长得一样瘦，一样高，他们匀称秀气的脸上全都流露出同样的不屑，所以几乎没法分清他们，尤其还因为他们换班时间没有规律，当值的侍者队伍在一直不停地变化。尽管如此，费尔贝尔还是认为只要仔细观察，加上通过年龄差别进行辨认，就可以界定出侍者的数量不多不少，总共有十二个，而我甚至连那些在任一时刻正好不在场的人都想象不出。此外，我在韦迪·哈尔法餐馆从未遇到过女人，无论是能看出来与老板或他的儿子们关系近的人，还是那些客人，他们主要是彼时在特拉福德公园里随处可见的拆房公司工人、载重汽车司机、垃圾清运工和其他那些走街串巷的人。

韦迪·哈尔法餐馆无论在白天还是夜晚都灯火通明，闪烁着耀眼的霓虹。每当回想起我们在特拉福德公园会面的情景，我就看见在这不懈的、不允许有丝毫阴影的照明中，费尔贝尔总坐在同一个位置，在一幅由无名小辈画的湿壁画前。这幅画表现的是一支骆驼运输商队从画中极其遥远的深处走出，穿越连绵起伏的沙丘，径直向观看者走来。由于画家技巧不熟练，加上他选择的是有难度的透视画法，不仅那些人物形象，还有那些驮兽的轮廓，都很容易显得失真，所以如果有人把眼睑垂下一半，那确实会出现这样的情况，仿佛蓦然发现在光亮和酷热中抖动的海市蜃楼。尤其是在费尔贝尔用木炭笔作画，扑粉般的粉尘布满他那闪着金属光泽的皮肤的那些日子，我总觉得他好像刚从荒漠中走出来，或者说他就是画中的一部分。确实，有一次费尔贝尔仔细查看他手背上的石墨微光时，自己也说，在他白天和晚上的梦中，他仿佛已经穿越了世界上所有的石漠和沙漠。此外他避开进一步的说明，继续讲道，他的皮肤变黑，使他想起不久前在报纸上看到的一则简讯，谈到在职业摄影师身上并不罕见的银中毒症状。简讯写道，譬如在不列颠医学会的档案馆里就保存着对这样一种中毒的极端病例的描述，说的是三十年代在曼彻斯特，有一位照相馆的助手在长年的职业生涯中，身体吸收了如此多的银，以至于变成了照相的感光板，费尔贝尔极其认真地给我解释，这表明这个人的脸和双手在强光照射时会变成，或者也可以说是显影成，蓝色。

一九六七年一个夏日的傍晚，在我到达曼彻斯特之后九个月或是十个月，费尔贝尔同我沿着运河河岸走，路过黑水对岸的埃克尔斯、帕特里克罗夫特和艾威尔附近的巴顿城区，迎着落日进入疏落的郊区。在那里偶尔敞露的景色，暗示着直到上世纪中叶延伸到这里的沼泽地和肥沃平坦的低湿地。这条运河——费尔贝尔这样给我讲述道——一八八七年开工，一八九四年竣工，大部分由一大批不断更换的爱尔兰军人修建。这支施工队伍在此期间搬动泥土达到六千万立方米，建成了巨大的船闸设备，借助这些设备，那些一百五十米长的远洋轮船就可以上升或者下降五六米的高度。曼彻斯特当时是工业上的耶路撒冷，其企业家精神和先进性无可超越。费尔贝尔这样说，此外，由于这个宏伟的运河工程项目的完成，它上升为世界上最大的内陆港口，市中心附近的船坞密密麻麻停满了加拿大-纽芬兰轮船公司、中国互助运输公司、曼彻斯特孟买通用航海公司以及无数其他航运公司的轮船。卸货和装货从不间断：小麦、硝石、建筑木材、棉花、橡胶、黄麻、鲸油、烟草、茶叶、咖啡、蔗糖、热带水果、铜和铁矿石、钢、机器、大理石和桃花心木——在这样一个生产中心，无论需要加工什么，制造什么，一切都应有尽有。曼彻斯特的航海运输在一九三〇年前后到达顶峰，之后进入不可逆转的衰败，直到五十年代末完全陷于停顿。面对如今笼罩在运河上的这种静止和死寂，费尔贝尔说，当我们回顾这座正在陷入夜色阴影中的城市时，难以想象他本人在战后那些年还在这里看见过一些硕大无朋的巨型轮船。它们在自己的水道上慢慢滑动，靠近港口时，就从那些黑色石板瓦顶远不如它们高的房子中间驶过。冬天，在人们没有料到它们会靠近的情况下，它们会突然从雾中出现，悄然无声地从旁驶过，紧接着又消失在白茫茫的迷雾中，费尔贝尔说，这对我来说每次都是一种完全难以置信、不知为何使我深为震惊的奇观。

我不再记得费尔贝尔是在何种场合向我极其粗略地讲述了他的生平，但我能肯定地想起当我问到他的经历和早年时，他并不乐意回答。一九四三年秋，十八岁的费尔贝尔作为美术学院学生第一次来到曼彻斯特，但在几个月后的一九四四年初，他应征入伍。费尔贝尔说，他第一次短期逗留曼彻斯特期间，唯一值得注意的是他

当时寄宿在巴拉丁路一〇四号，而一九〇八年，当时年仅二十岁的工程学学生路德维希·维特根斯坦就住在这同一栋房子里。费尔贝尔说，与维特根斯坦的这种回顾性的联系，虽然毫无疑问纯属幻想，但对他的重要性却不会因此有所减弱。确实，他有时候觉得仿佛他同在他之前发生的那些事之间的关系越来越紧密，因此当他想象年轻的维特根斯坦埋头设计一种可变的发动机燃烧室，或者在德比郡的旷野上试验一架由他设计的滑翔机时，他能意识到一种远远地追溯到自己出生甚至更早之前的手足情谊。费尔贝尔在他的叙述中继续说，他在位于北约克郡一个不毛之地的卡特里克军营接受了基本军事训练之后，报名加入了一个伞兵团，希望在战争呈现出某些快要结束的征兆之前投入战斗，可这个希望却由于他得了黄疸病，被送进一家设在巴克斯顿豪华饭店里的康复中心而破灭。费尔贝尔未作进一步说明地说道，他有半年多备受愤怒的折磨，直到完全康复，他都不得不在德比郡田园般的水疗地度过。这对他来说是一个极其糟糕的时期，一个几乎令人难以忍受的时期，一个他无法说得更多的时期。不管怎样，一九四五年五月初，他衣袋里揣着医院的出院证，动身徒步前往差不多有二十五英里路程的曼彻斯特，以期在那里重新开始他的美术学习。如今他还极其清楚地记得在伴随着阳光和阵雨的春游后，他穿过一片高沼地的边缘走下来，从最后一个小山丘第一次鸟瞰这座展现在他面前、他从那时起要在其中度过一生的城市。它被连绵不断的群山三面环绕，犹如坐落在一个古代圆形竞技场的底部，造型罕见的云层从这块平坦的土地西边上空一直延伸到地平线，夕阳沿着云层边缘逐渐落下，也许是要在最后一刻让整个全景，就像在唯一的一道火光中那样闪亮一下。费尔贝尔说，只是在这种犹如信号烟火般的光照熄灭时，他才能游目纵览那些鳞次栉比的房屋、纺纱厂和印染厂、贮气罐、各种各样的化学工厂，远至很可能是市中心的地方，那里一切似乎都在逐渐变成一个再也无法区分的深黑色地区。费尔贝尔说，最令人难忘的当然是那些耸立于平原和低矮楼群之上的烟囱。这些烟囱如今几乎都无一例外地被拆毁或停止使用，可是当时它们——好几千根烟囱，

一个挨一个，不分白天夜晚地冒烟。就是这些正方形和圆形的大烟囱以及那些从中冒出一道黄灰色烟的不计其数的烟囱筒——费尔贝尔如是说——比起他先前见过的所有东西，都更为深刻地铭记在他这个新来者的心中。费尔贝尔说，我再也无法详细说明曼彻斯特的景象当时在我心中引起了哪些想法，但我相信我有来到了我的宿命之地这样一种感觉。我甚至还记得在我最终转身要继续往前走时，我最后一次俯瞰在我视点下方那个远远延伸到平原上的浅绿色公园的景色，在太阳落山半小时后，我看见有一团阴影，犹如一片游云的影子，从牧场上飘过——一群鹿正跑在通向夜晚的路上。

如我当时期待的，我待在曼彻斯特至今，费尔贝尔继续讲述他的故事，他说，现在我来这里已有二十二年，随着时光一天天流逝，我感到哪怕只是想要改换地点都更加困难，我最终听命于曼彻斯特。我再也无法、再也不想、再也不必离开曼彻斯特，甚至就连每年一两次不可免的前往伦敦的专业学习旅行都成了我的负担，使我感到不安。在火车站候车，广播通知，坐在列车上，从车窗外掠过的我依旧感到完全陌生的土地，同行者的目光——所有这一切只会使我痛苦。所以我这一辈子除了曼彻斯特，几乎哪儿也没去过，就连在这儿，我也是往往几个星期足不出户，或者说得更确切，是不出我的工作室。从青年时代开始，我只去国外旅行过一次，那是两年前的夏天，我乘车前往科尔马，再从科尔马经巴塞尔去日内瓦湖。我长期以来就希望亲眼看到格吕内瓦尔德[1]那些经常浮现在我眼前的伊森海姆祭坛画，尤其是《基督下葬》，但我从未控制住我的旅行恐惧症。所以在我把自己克制住了一次之后，我更为惊讶的是，这次旅行进行得多么轻松。从船上回望多佛白崖时，我甚至相信我从现在起解脱了，而我过去特别害怕的穿越法国的火车旅行同样进行得非常顺利。这是美好的一天，我有整整一个包厢，尽管不是整个车厢为我所用，空气通过车窗流进来，我感到自己心中出现一种节日般的喜悦。将近晚上十点或者十一点钟，我到达科尔马，在火车站广场旁的终点站布里斯托尔饭店度过了美好的一夜，第二天早晨立即去博物馆看格吕内瓦尔德的画。我总感到这个怪人那种寓于每一个细节、将所有四肢扭曲、像疾病一样在色彩中蔓延的极端世界观与我的完全一致，而现在我的感觉通过亲眼所见得到了证实。由所展示的人物形象引起的巨大的痛苦，覆盖整个自然，只是为了从死寂的风景重新回流到享有死亡特权的人类躯体，其恰似大

1　格吕内瓦尔德（1455—1523），德国画家，其伊森海姆祭坛画，如《耶稣的磔刑》《圣母领报》《耶稣复活》《圣安东尼的诱惑》等，是中世纪至文艺复兴时期德意志祭坛画的突出作品。

海的潮汐在我心中起伏。与此同时，注视着那些被刺穿的躯干，那些悲痛得就像折断的芦苇那样弯下腰去的行刑见证者的身体，我逐渐明白，痛苦在某种程度上摧毁了对于痛苦之被经验到必不可少的良心，如此才可能压制它自己；我们对此知之甚少。然而可以肯定的是，精神上的痛苦几乎是永无止境的。当人们认为已经达到最后的极限时，往往还会有另外的痛苦。人们从一个深渊落下另一个深渊。我当时在科尔马——费尔贝尔这样说——把这一切看得一清二楚，一件事怎么导致另一件事，怎么成了后来的样子。潮水般的回忆——如今我只记得很少一点——始于几年前的一个星期五早上，一种此前我从未经历过的、很可能是椎间盘突出引起的疼痛在我身上发作，我不过是朝着猫儿弯下腰去，而当我直起腰来时，肌肉组织撕裂，髓核挤入神经内，至少后来医生是这样给我描述的。我那时只知道我再也不可以往前走动一厘米，我的生命缩短到绝对疼痛这一仅有的、无法延长的时刻，甚至吸气都会令我眼前一团漆黑。直到接近傍晚时，我都在房间中央保持这半直立的姿势。我一点儿也记不起在暮色降临之后，我是怎么挪动几步走到墙边，又是怎样把搭在椅子靠背上的大方格羊毛被披到肩上。我只记得我的额头紧贴着墙壁上潮湿发霉的灰泥，站了整整一夜，天气越来越冷，我泪流满面，开始嘟囔着一些毫

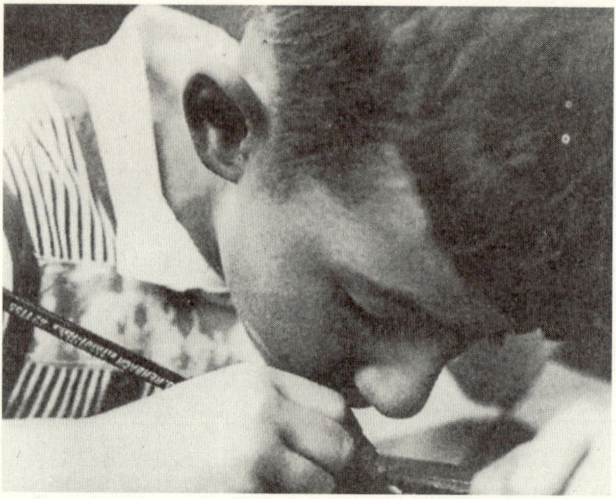

无意义的事。与此同时我确实感到，这种可怕的状况与一种有好几年都成为我精神状态的绝对的痛苦麻痹极其相符。此外我还记得我迫不得已采取的这种弯腰曲背的姿势，使我即使在痛苦中，仍想起我在二年级时父亲给我拍的一张正在埋头书写的照片。在科尔马，至少——他在讲述停了好久之后这样说——我开始了回忆，很可能就是这些回想，让我在科尔马待了八天之后，决定继续乘车去日内瓦湖畔，以便在那里重拾另一同样是好久以来就已埋葬的、我过去从来不敢触动的记忆。费尔贝尔接着往下说，我父亲是一个画商，在夏季的那几个月，他定期在享有盛誉的饭店门厅里举办一些他所谓的特展会。一九三六年他带我去参加在因特拉肯的维多利亚少女峰酒店，接着又在蒙特勒宫举办的这样一类展览。父亲的展品通常包括差不多五打镶上金色画框的荷兰风格的沙龙作品，或者说得更确切些，有牟利罗[1]风格的地中海式风俗画，以及荒无人烟的德国风景画——其中在我脑海中留下印象的一幅作品，展示的是一片黯淡的荒原，两棵欧洲刺柏彼此相距很远地站在一块被落日染成血红色的地上。在悬挂、挂牌标示、销售和重新寄送父亲那些被他称为艺术品的展品时，十二岁的我尽可能成为他的帮手。大概是作为对我帮忙的报偿，热爱登山运动的父亲，转而带我乘有轨电车上少女峰山隘[2]，从那上面给我展示那条在盛夏之中闪烁着雪白光辉的欧洲最大冰川。之后几乎不到一个星期，我们一起登上日内瓦南岸的一座青草山。蒙特勒宫里的展览会闭幕当天，我们乘一辆出租车从蒙特勒出发，走了一段路进入罗讷山谷，很快往右拐，走过一段既狭窄，弯道又多的路，去到米克斯这个名字让我感到特别奇怪的村庄。从米克斯出发有三个钟头路程，路过塔奈湖，直到格拉蒙山的顶峰。在八月蔚蓝的天空下，在这座山峰上，整整一中午我躺在父亲身边，同他一起往下凝望蓝得更深的湖面、湖对岸的

1　牟利罗（1617—1682），西班牙巴洛克时期画家，风格柔和甜美。

2　少女峰山隘有轨电车长9.3公里，于1891—1912年建成。

地区，一直到汝拉山脉模糊的轮廓、遥远的岸边那些明晃晃的城镇，以及大约在一千五百米的阴影深处、直接在我们脚下，却难以认出来的圣然戈尔夫。费尔贝尔说，在乘火车穿越确实是有着惊人之美的瑞士时，我再次想起了三十年前的这些情景和映像。但它们也透出一种奇特的威胁，如我待在蒙特勒宫时越来越清楚地看到的，这种威胁最终促使我锁上房间，放下百叶窗，好几个钟头躺在床上，这样一来正在冒头的神经衰弱，当然只有越来越厉害了。在过了大约一个星期后，不知怎的，我产生了只有外边的现实才能拯救我的念头，但我既没有在蒙特勒四处闲逛，也没有乘车前往洛桑，而是不顾自己在此期间虚弱不堪的身体状况，动身第二次去登格拉蒙山。这是同那时一样晴空万里的一天，当我登上顶峰时几乎已经完全精疲力竭。我从那上面又一次眺望展现在我面前的日内瓦的湖光山色，那些景色看起来毫无变化。除了一两艘小船在深蓝色水面上极其缓慢地留下白色的尾迹，除了每隔一段时间列车沿着对岸跑来跑去，一切都一动不动。费尔贝尔说，这个既近在咫尺又遥不可及的世界，以这样的魅力吸引了他，致使他担心自己会投入它的怀抱之中，如果不是一个大约六十岁的老人突然站在他面前——像从地里蹦出来一样——手持一个巨大的白纱捕蝶网，用一种既讲究，最终又无法辨认的英语说，如果还想赶上在蒙特勒用晚餐，现在是考虑下山的时候了。费尔贝尔说，他再也想不起同这个捕蝶人一起下山的情景，总而言之，这一幕如同在蒙特勒宫的最后那些日子以及返回英国的旅行，已经从他脑海里消失得无影无踪。他脑海中失忆的潟湖，究竟是出于何种原因在扩大，又扩大到多大程度，尽管费尽脑筋冥思苦想，对他来说仍是一个谜。当他试图回顾那个可疑的时代时，他无法再次看到自己，直到他回到自己的画室，进行这项只有短暂中断、持续了几乎一年的困难工作，一幅看不见脸的《捕蝶人》。他认为这是他最不满意的画之一，因为他认为它并未传达出所涉现象哪怕一丝一毫的奇特感。画《捕蝶人》比过去任何别的工作都更令他难受，因为在完成无数习作之后，他才开始画这幅画。他不只一次又一次地用颜料涂盖，而且当画布由于不断刮掉颜料和重新涂上颜料，再也不堪重负时，他多次将画毁掉，付之一炬。对自己缺乏能力的绝望在白天已经把他折磨得够呛，到了夜晚又越来越多地把他拖入失眠，致使他马上便由于过度疲劳，只好含着眼泪工作，最后除了服用强力麻醉剂实在别无他法，而这反过来让他有了极其可怕的、无异于伊森海姆祭坛画上圣安东尼的诱惑的幻觉。譬如有一次，他看见自己的猫笔直往上一跳，在空中来了个后空翻，然后就直挺挺地躺着，他清楚地记得他把这只死猫放进一个鞋盒，埋在庭院里那株小杏树下。但第二天早上这只猫又毫不含糊地出现在它的碗前，抬头望着他，好像什么事都没发生过。有一次——费尔贝尔这样结束他的讲述——他梦见（分不清在白天还是夜间）一八八七年他同维多利亚女王一起在特拉福德公园专门为大型美术作品展览会修建的宫殿里宣布展览会开幕。有数千人到场，见证了他同那位散发着难闻气味的胖女王手牵手穿过没有尽头的大厅，穿过一万六千多幅装上金框的艺术作品。费尔贝尔说，它们几乎毫无例外都是他父亲展出的那些作品。他说，不过其间偶尔也悬挂着几幅他自己的画。使我感到震惊的当然是，这些画

同那些沙龙作品没有丝毫区别，或者说只有微不足道的区别。最后我们终于——费尔贝尔这样继续往下说道——穿过一道恰似女王对我说的，以令人惊讶的娴熟技巧画得可以乱真的门，进入一个满是厚厚灰尘、看起来好多年来都不曾有人进入、与闪烁发亮的水晶宫截然不同的珍品陈列室，在少许犹豫之后，我断定这就是我父母的起居室。在长沙发稍微靠边一侧，坐着一位我不熟悉的先生。他怀里放着一个用云杉木、制型纸和金黄颜料做成的所罗门神庙模型。来自德罗霍贝齐的弗罗曼，他微微向前鞠躬道，然后说明，他忠实按照《圣经》的描述，花了七年工夫亲手做成这座神庙，他现在从一个犹太人居住区到另一个犹太人居住区地展示这座神庙。瞧——弗罗曼说——您可以看见每一座尖塔塔尖、每一幅窗帘、每一道门槛、每一种圣器。费尔贝尔说，我朝这座小神庙弯下身子，在我一生中第一次知道一件真正的艺术品是什么样子。

我大致在曼彻斯特待了三年，一九六九年夏天完成研究工作后，我离开这座城市，为的是按照早就想好的计划，在瑞士从事教员工作。虽然从被煤烟熏黑的、近乎废墟的曼彻斯特归来时，到那时为止几乎已在我记忆中消失的瑞士风光的优美和多样性使我深受感动，虽然看到远处的雪山、高高的树林、秋天的阳光、结冰的河流和原野、在草地上开花的果树这些美景，我所感到的心旷神怡远胜于我可能预料到的程度，但出于各种原因，部分与瑞士人的生活观有关，部分与我的教师生涯有关，我不想在瑞士久留。仅仅一年之后，我下定决心返回英国，接受在当时被认为相当偏僻的诺福克的一个在很多方面都合我心意的职位。如果说在瑞士度过的那些月份我偶尔还想起费尔贝尔和曼彻斯特的话，那么在接下来——我有时很惊奇地注意到——直到今天的这段英国时光里，我记忆中的印象就越来越模糊了。当然在好多年间，我肯定也是多次想起费尔贝尔，但是没法清楚地回忆起他来。他的脸成了一个朦胧的轮廓。我设想他已经沉浸在他的工作中，但避免查询更详细的情况。直到一九八九年十一月底在伦敦泰特美术馆，出于一个纯属偶然的机会（我其实是来看德尔沃[1]的《沉睡的维纳斯》），我在一幅画上看到了费尔贝尔的缩写签名——这幅画大约四英尺宽、六英尺长，有着对我来说既意味深长又难以相信的标题《格雷西·厄拉姆在她的蓝色烛芯布料毛巾被旁》——只是在这时，费尔贝尔才又在我脑海里活起来。紧接着，我在一张星期日出版的报纸彩色增刊上

1　保罗·德尔沃（1897—1978），比利时超现实主义画家。

发现了一篇有关费尔贝尔的报道，又一次或多或少是出于偶然，因为我好久以来都避而不看这些报纸，特别是报纸附带的插图增刊。从中可以得知，如今他的作品在艺术品市场上价格极高，可费尔贝尔本人对此并不在意。他依旧保持自己的生活方式，一如既往地出现在离曼彻斯特船坞不远处的画室，站在画架前，每天工作十个小时。我有好几个星期都随身带着这份杂志，一再浏览那篇文章，感到它打开了我心中的一座地牢。我端详着文章附上的照片里费尔贝尔望向一旁的神秘目光，试图至少以后见之明弄清楚，基于何种顾虑和畏惧，费尔贝尔那时避而不谈自己的身世，尽管这样一个话题正如我现在所意识到的，本来是明显不过的。一九三九年五月，十五岁的弗里德里希·马克西米利安·费尔贝尔——我从杂志上那些更确切地说是少得可怜的说明中可以这样推断——从他父亲经营工艺美术品商店的慕尼黑来到英国。文章接着说，费尔贝尔的父母出于各种原因推迟出境，一九四一年十一月被第一批驱逐犹太人的列车从慕尼黑遣送到里加，随后在当地遇害。如今在回首时，我感到不可原谅的是，我当时在曼彻斯特要么忽略，要么不忍向费尔贝尔提出他想必是在期待我提出的问题。所以在过了很长时间之后，我又一次去曼彻斯特，乘大约六个小时火车，穿越田野、松树林和塞特福德附近荒凉的原野，

穿越伊利岛在冬天成深黑色的辽阔洼地，看见从旁边闪过的那些在其丑陋方面彼此相似的市镇——马奇、彼得伯勒、拉夫伯勒、诺丁汉、埃尔弗莱顿、谢菲尔德，看见停产的工业设备、积压的焦煤堆、冒着浓烟的冷却塔、荒凉的山脉、牧羊草场、石砌城墙，看见阵雪、降雨和天空不断变化的颜色。刚过中午，我到达曼彻斯特，立即动身往西，穿过城区去到港口。同预料的相反，我毫不费力就找到了路，因为在曼彻斯特一切依然如故，同差不多四分之一个世纪前没有区别。人们建起来阻止普遍的衰败的那些建筑物本身都已经摇摇欲坠，是呀，甚至就连前几年为了复兴企业家精神，在市中心边缘、沿着运河边修建的那些所谓的开发区，看来差不多又被放弃了。在那些有的只使用了一半、有的尚未完工的办公楼闪烁发光的玻璃幕墙中，映照出周围的废墟和从爱尔兰海飘来的白云。一旦来到船坞外面，没有花多少时间，我就找到费尔贝尔的画室。用石块铺成的庭院没有变化。小杏树正含苞欲放。当我迈进工作室的门槛，就好像我昨天才来过这儿。同一道暗淡的光线透过窗户洒进室内，而在画室正中间结了一层黑色表皮的地上，依然立着那个画架，上面有一块被修改得面目全非的黑色纸板。按照那张用图钉钉在第二个画架上的模板可以推断出，供费尔贝尔破坏练习的模本是一幅我一直特别喜欢的库尔

贝[1]的画,《韦辛格托里克斯的橡树》[2]。我从外面进来,一开始根本就没看见费尔贝尔。可他本人就坐在他那张红丝绒安乐椅上,在半暗的背景中,手里拿着一个茶杯,用眼角瞟着他的客人。我马上就要到五十岁了,如同我们认识那会儿的他,而他很快就要满七十了。他的问候话是,我们不都在变老吗!他苦笑着说出这句话。然后,看起来其实一点也不显老的他,指着二十五年前在墙上同一位置挂着的一幅伦勃朗画的复制品,画中是一个拿放大镜的男人的肖像,补充说明道:只有他似乎一点不显老。

紧接着这次迟来的、对于我们都是喜出望外的重逢,我们彼此谈了三天之久,每天都谈到深夜。我们谈到的事比我在这里所能记下的要多得多,我们谈到英国的难民收容所,谈到移民城市曼彻斯特和它不可避免的继续衰落——费尔贝尔把这种衰落视为宽慰,谈到早已不复存在的韦迪·哈尔法餐馆,谈到富鲁格号的女吹奏者格雷西·厄拉姆,谈到我在瑞士从教的岁月,以及我后来同样遭到失败的、想在慕尼黑的一个德国文化研究所立足的尝试。费尔贝尔评论道:单纯从时间来看,我现在离德国已经很遥远了。一九六六年他在那里待过,可是

1 库尔贝(1819—1877),法国画家,现实主义绘画的开创者。

2 韦辛格托里克斯(公元前82年—前46年),高卢部落阿维尔尼人的首领,对凯撒率领下的罗马征服进行了最后的反抗。

时间——他这样继续往下说道——是一个不可靠的标准，是呀，它只不过是内心发出的嘈杂声罢了。既不存在过去，也不存在未来，至少对我来说不存在。那些出没于我记忆中的、折磨着我的碎片式的情景，具有一种强迫性。每当想到德国，我总觉得脑海里好像有某种疯狂的想法。很可能是出于害怕发现这种想法得到证实，我从未再回到德国。您要知道，我感到德国就是一个封冻在过去、被毁掉的、奇怪地有着治外法权的地方，那里居住着一些面孔被烘烤得既十分漂亮又令人害怕的人。他们全都穿着三十年代的衣服或者还要老式的服装，戴着和衣服极不相称的帽子——飞行员便帽、有盾形帽舌的便帽、大礼帽、护耳、交叉的发带和手工编结的羊毛便帽。在我这里，几乎每天都有一位风度高雅的女士，身穿用灰色降落伞绸缝制的舞会女礼服，头戴一顶有宽边帽檐、插上灰色玫瑰花的女帽。我工作累了，刚坐到安乐椅上，就听到她在外面小巷石子路上的脚步声。她快步走进庭院大门，走过小杏树，来到工作室的门前。她急急忙忙地贴近我，就像一个医生担心自己赶到一个奄奄一息的病人身边时已太迟。她摘下帽子，头发落到肩上，她脱掉击剑手套，把它们扔到这里的小桌上，然后朝我弯下身子。我昏昏沉沉闭上双眼。后来情况怎么样，我不知道。肯定彼此从未说过一句话。一直都默不作声。我认为，这位灰衣女士只懂自己的母语——德语。自从一九三九年在慕尼黑奥伯维森菲尔德机场同父母告别起，我就再也没有说过一次德语，在我脑海里只留下德语的回响，只留下一种含糊不清、令人费解的喃喃自语和嘟嘟囔囔。很可能——费尔贝尔继续往下说——这与语言的丧失和被掩埋有关，我的记忆只能追溯到我九岁或者八岁时，就连一九三三年以后的慕尼黑时期，除了宗教巡游队伍、列队游行和阅兵式，我几乎什么都记不得了。做这些事看来往往都有理由：不是五一劳动节，就是基督圣体节、狂欢节，或者政变十周年纪念日[1]、帝国丰收感恩节，或者美术馆落成典礼。人们不是捧着耶稣圣体心脏，就是打着所谓的德国纳粹血旗穿过市中心的大街小巷。费尔贝尔说，有一次在路德维希大街两边，从统帅堂一直到施瓦宾格，都搭起了一些梯形平台，每个铺着红棕色布的平台上都有一个浅铁盘，熊熊烈焰在盘子里燃烧着祭品。在轮番出现的集会和游行中，各种制服和徽章的数量一次比一次多，就好像直接在观众眼前展示一拨又一拨新新人类。我作为小孩开初充满着同样程度的钦佩、愤怒、渴望和厌恶，此后作为青少年，默默无言地站在适时雀跃欢呼或者由于崇敬激动万分的人群中，感到自

1 “政变”指 1923 年 11 月希特勒策划的慕尼黑啤酒馆暴动。

己这种游离状态是一种耻辱。在家里，父母亲当着我的面要么绝口不谈，要么只是隐隐约约地谈到这个新时代。甚至在父亲不得不将他位于美术馆斜对面、一年前才开张的画廊经营管理权交给一个雅利安合伙人之后，我们大家仍拼命维持一切正常的假象。我继续在母亲监督下做我的家庭作业，我们依旧冬天去施利尔塞滑雪，暑假期间前往奥伯斯多夫或者瓦尔泽山谷。关于那些我们不能谈的事我们绝口不提。所以我们甚至在亲戚当中都尽可能地对我外祖母莉莉·兰茨贝格自尽的原因保持沉默；死者家属干脆以某种方式统一口径说她最后头脑有点不正常了。一九三六年七月底，在举行完葬礼后，我同母亲的孪生兄弟莱奥舅舅从巴特基辛根乘车前往维尔茨堡，他是唯一我偶尔听见比较坦率地对局势发表看法的人，但他的看法在多数情况下都遭到某些指责。费尔贝尔说，我现在还记得，莱奥舅舅直到被解除教师工作，一直在维尔茨堡的一所文理中学教拉丁文和希腊文。他当时把一篇从一九三三年的报纸上剪下来的文章给父亲看，可以看见上面有一张在维尔茨堡主教宫广场上焚书的照片。舅舅说这张照片是赝品。他这样说，焚书发生在五月十日晚间——他多次重复这一点——是在五月十日晚间焚的书，但是由于这时已经一片漆黑，无法拍下任何像样的照片，他们便拍下主教宫外的某些别的集会——舅舅

这样断言——然后把一道巨大的浓烟和一片漆黑的夜空加到照片中去。所以报上公布的这张照片文献是赝品。就像这种文献是赝品一样，舅舅说，好像他的发现是起着关键作用的证据，其他的一切从一开始也全都是伪造。父亲却只是默然不语地摇摇头，要么是出于惊愕，要么是因为他无法赞同莱奥舅舅的笼统结论。起初我也觉得这件维尔茨堡的往事——费尔贝尔说他只是这时才第一次回忆起——显得有些难以令人置信；但那之后我在维尔茨堡的档案馆里找到了那张照片，从中很容易就可以看出，确实毫无疑问，费尔贝尔舅舅的怀疑完全正确。费尔贝尔继续讲述一九三六年夏天他的维尔茨堡之旅，他说莱奥舅舅在一次与他一道漫步宫廷花园时，说到前一年的十二月三十一日他被迫退休，所以开始筹备离开德国的事宜，并打算立即借道英国去美国。后来我们还去了主教宫的楼梯间[1]，我站在舅舅旁边，好奇地伸长脖子，抬头盯着当时对我来说毫无意义的提埃坡罗[2]天顶画的壮观。在那里，在高高隆起的天空下，地球上四个大陆的动物和人以一种梦幻的比肩接踵的方式聚集在一起。费尔贝尔说，真奇怪，他在几个月前才又想起同莱奥舅舅在维尔茨堡一同度过的那个下午。那时他在浏览最新出版的一本关于提埃坡罗作品的画册，竟被巨大的维尔茨堡壁画那些影印的复制品，被其中描绘的色调明亮或昏暗的美景，被那个手持阳伞跪在地上的黑人和那个戴着羽毛头饰、令人惊异的阿玛宗部落女英雄吸引住。费尔贝尔说，我整晚都坐在画册前钻研，试图用一个放大镜更加深入地看。这时，我逐渐回想起维尔茨堡的那个夏日，想起返回慕尼黑，想起当地变得令人越来越难以忍受的社会环境和家里变得令人越来越难以忍受的气氛，想起那里有加无已的沉默。费尔贝尔说，父亲本来有点

1 在文艺复兴和巴洛克时期的宫殿里，楼梯间被装饰成豪华房间，因为一部分重要宫廷礼仪就在这里举行。维尔茨堡主教宫楼梯间就是这种世界著名的楼梯间。

2 乔凡尼·巴蒂斯塔·提埃坡罗（1696—1770），意大利画家，威尼斯画派代表人物。此处提及的作品为《行星和大陆的寓言》。

像一个天生的戏子或演员。他很享受人生，或者说得更确切些，他本来会很享受人生，本来会继续去花匠广场旁的剧院看戏，去杂耍剧院看演出，去黑森林的葡萄酒小酒馆喝一杯。可是三十年代末，由于形势，在他身上同样是与生俱来的抑郁的特质越来越多地掩盖了他根底上的愉快的天性。一种我到那时都未在他身上见过的心不在焉和烦躁，被母亲和他本人归为暂时的神经过敏，有时连续几天决定着他的举止。他越来越频繁地进电影院，去看印第安人电影和特伦克尔[1]的电影。关于出国的事，在我面前肯定是一次也没有谈过，即便是在纳粹分子将我们住所里的绘画、家具和贵重物品作为我们无权拥有的德意志文化财富查抄之后。我只记得，父母亲对那些卑劣的下级军官，用香烟和小雪茄把口袋塞得满满这种毫无教养的方式特别反感。水晶之夜发生后，父亲被关押进达豪集中营。六个星期后，他又回到家里时瘦了好多，头发也被剪短了。关于他所经历的和看到的情况，他在我面前什么也没透露，他给母亲讲了多少，我不知道。一九三九年春天我们还去伦格里斯滑过一次雪。对我来说，这是最后一次，我相信对父亲而言也是最后一

1　路易斯·特伦克尔（1892—1990），德国导演、演员，代表作有《加利福尼亚的皇帝》等。

次。在布劳内克我还给他拍了一张照。费尔贝尔说，这是在这些年保存下来的少数照片当中的一张。在这次郊游之后不久，父亲通过贿赂英国领事为我弄到一张签证，母亲估计他们俩在我之后很快就会出国。她说，父亲现在终于下定决心出国，只是还得作一些相应的准备。在此期间可以为我收拾行李。五月十七日——母亲五十岁生日那天，父母将我带到机场。这是一个空气清新、天气很好的早晨，我们乘车从位于施特恩瓦尔特大街的家出发，朝博根豪森方向往奥伯维森菲尔德机场驶去，越过伊萨尔河，沿着蒂沃利大街，穿过英国公园[1]，经过到现在还在我眼前清晰可见的艾斯巴赫，前往施瓦宾格，然后在利奥波德大街出城。我觉得这次行程没完没了，很可能是因为我们当中谁也没有说一句话，费尔贝尔说。他是否还记得在机场同父母告别的情景，对于我的这个问题，费尔贝尔在犹豫了好一会儿之后回答道：每当回忆起奥伯维森菲尔德机场上的情景，他都看不见父母在自己身边，他不再记得母亲还是父亲跟他，或者他对他们最后说过什么话，或者他和父母是不是还相互拥抱过。他虽然看见父母在出城前往奥伯维森菲尔德机场时，坐在出租车后座，但在机场上却没有看见他们。为此，他极其仔细地查看奥伯维森菲尔德机场本身，一直到现在，他采取的正是这种使人恐惧的认真态度，一再查看那个机场。敞开的飞机库前明亮的混凝土跑道，飞机库里面的漆黑，飞机升降舵上的万字符，他同一群剩下的乘客必须在那里等候的围界，在这道围界四周的欧洲女贞矮树丛，有手推车、铲子和扫帚的场地管理处，那些使他想起蜂箱来的气象站观测箱，机场边的信号炮——他以令人痛苦的清晰性看着眼前这一切，他看见自己走过草很浅的草坪，向机上有库尔特·韦斯特霍夫这个名字和

1　慕尼黑近郊的一座大型英国式植物园。

D-3051 这个号码的汉莎航空公司的白色容克 52 飞机走去。费尔贝尔说，我看见自己登上可移动的小木舷梯，在飞机里面一位戴着蓝色蒂罗尔帽的女士身边坐下；我看见在我们缓缓驶过那辽阔而空旷的绿色场地时，自己从正方形小窗户眺望窗外远处的羊群，眺望绵羊小小的身影。然后，我看见慕尼黑这座城市在我脚下逐渐倾斜消失。

费尔贝尔说，搭乘容克 52 只能飞到法兰克福，我必须在那里等上好几个小时，接受海关检查。在美因河畔的法兰克福机场大楼里，我的箱子被开着箱盖，放在一张有墨水渍的桌上，海关官员连摸都没摸一下，只是久久地盯着这只打开的箱子，就好像我那些由母亲以她那独特的、极其井然有序的方式折叠起来、整整齐齐放在一起的衣服、熨得整齐的衬衣或者有所谓挪威图案[1]的冬季套头毛衣，具有某种神秘莫测的意义。我自己在看到我那只打开的箱子时有些什么想法，我再也记不得了，但是现在当我回想起这件事时，我有这样的感觉，好像永远也不会允许我从箱子里面取出东西来。费尔贝尔说着，把他的双手放到脸前。然后他继续说道，我搭乘的英国欧洲航空公司这架飞机是一架洛克希德飞机公司的

1　指带有动物、星星、雪花等花样的挪威彩色编结图案。

厄勒克特拉飞机，它在将近下午三点钟飞往伦敦。这是一次愉快的飞行。我从高空看见比利时、阿登森林、布鲁塞尔、佛兰德笔直的街道、奥斯坦德的沙丘、海的边缘、多佛的岩石、伦敦南边的绿色灌木丛和丘陵地带。然后，地平线上仿佛出现一道低矮的灰色山脉，那就是这个岛国的首都。五点半，我们在亨登机场着陆。莱奥舅舅把我接走。我们路过连续不断的、长长的一排排郊区小房子，向城里驶去。这些房子以其千篇一律使我感到心情沉重，但同时不知怎么的，又给我留下一种可笑的印象。舅舅住在离大英博物馆不远处的布鲁姆斯伯里一家流亡者小旅店里。我躺在这家旅店特别高的床上，度过了我在英国的第一个夜晚。我失眠，倒不是出于忧伤，而是由于被困陷在英国那种床垫被床单包覆的床里。所以在第二天，也即五月十八日早晨，在肯辛顿的贝克的家里，我处于一种极其疲倦的状态，当舅舅帮我试穿新校服：一条深黑色短裤、一双宝蓝色齐膝袜、一件与此匹配的西装上衣、一件橙色衬衣、一条有条纹的领带和一顶微型小便帽。不管我怎么试，这顶帽子戴在我那一头浓密的短发上，并不合适。舅舅按照他的支付能力，已为我在马盖特挑选了一所三流私立学校。我相信，当舅舅看到我这身打扮站在那里，他同我在镜子里看到自己时一样，几乎流出了眼泪。如果说我认为这种校服是一种为了嘲弄我而特意想出来的滑稽服装的话，那么这所学校——我们下午来到它的门前——我觉得就像一座监狱或者一个精神病院。车道拐弯处的矮针叶树圆形花坛，上部边缘逐渐变为一种防御工事式的黑暗的房屋立面，敞开的房门旁生锈的铃铛拉线，从大厅的黑暗之中一瘸一拐走过来的学校杂役，特别大的橡木楼梯间，所有房间里透出的寒气，卷心菜气味，在房顶四周到处蹲着的老鸽子叫个不停的咕咕声，以及无数其他我再也想不起来的不祥细节，在我脑海里立即构成这样一种想象：我在这里很快就会发疯。但是不久后证明，我要在里面度过接下来几年时光的这所学校的体制，是一种尽可能不要规章制度、在某些方面几乎是狂欢节式的体制。这所学校的校长和创办人是一位将近七十岁、穿着极其古怪、散发着淡淡丁香花香水味的单身汉，名叫莱昂内尔·林奇-刘易斯，他所聘任的差不多同样古怪的教师，对学生近乎放任自流，这些学生的父亲绝大多数不是一些微不足道的国家的公使馆官员，就是其他那些旅居者。林奇-刘易斯的观点是，没有任何东西会比正规的课程教学，对正在成长的孩子的发展产生更坏的影响了。他断言，人在业余时间学得最好、最轻松。这种美好的想法确实在我们当中一些人身上得到了证实，但在另外的情况下，它也带来了使孩子变得粗野的令人担忧的后果。此外，我们必须穿上的、被证实是由林奇－刘易斯亲自设计的那种鹦鹉式校服，与他通常的教育纲领自然也就形成了最大的反差。在最好的情况下，这种强迫我们接受的、被夸大的五彩缤纷，或许是要同林奇－刘易斯格外重视标准语言的培养相匹配。而在他眼里，只有世纪之交的舞台英语才是标准语言。难怪在马盖特流传着这样的谣言，说我们的老师无一例外，都是从过去那些出于某些原因在其职业生涯中一事无成的演员队伍中招聘来的。费尔贝尔说，奇怪的是，每当我回顾马盖特时期，我也不知道我当时是不幸呢，还是幸运，或者说我到底怎么了。不管怎样，这种决定着学校生活的非道德主义，使我获得某种到那时还不知道的自由的感觉。所以往家里写信或者阅读每隔十四天从家里寄来的信时，我感到一次比一次难。当变得越来越艰难的信件来往在一九四一年十一月中断时，我先是感到了一种如今在我看来不可饶恕的释然。只是慢慢地我才明白，我再也不能往家里写信，当然，说真的，我一直都不知道我是否完全弄明白了是怎么回事。但现在我感到，似乎我的一生不仅因为我父母的延迟出境，还因为我很迟才得知他们的死讯，而被拖进情况极糟的人生岔道。那个噩耗我先是难以相信，然后才逐渐完全理解了其意义。无论我自觉或者不自觉地采取何种预防措施阻止自己想起父母遭到的苦难和我自己的苦难，无论我暂时会在多大程度上通过隐居成功地保持内心的平静，青少年时代的不幸在我内心是如此根深蒂固，致使它后来又迅速生长，开出恶之花，长成罩在我头上的毒叶顶盖，给我这些年投下了那么多阴影，使这些年月变得黯淡无光。

莱奥舅舅于一九四二年初——费尔贝尔在我离开曼彻斯特前一天晚上这样结束他的讲述——从南安普敦湾上船去纽约。走之前他再一次来到马盖特，我们约定，在夏天结束最后一个学年后，我就去跟随他。可是时候到了，我却决定不去纽约接受舅舅的照料，而是独自前往曼彻斯特，因为我再也不想让任何事情和任何人使我想起我的出身。我当时未谙世事，以为在曼彻斯特可以从零开始一种新生活，然而恰恰是曼彻斯特唤起我对自己试图忘掉的一切的回忆，因为曼彻斯特是一个移民城市，移民待在这里有一个半世纪之久。如果我们撇开那些可怜的爱尔兰人不算，移民中主要是德国人和犹太人，有手艺人、商人、自由职业者、大大小小的企业家、钟表匠、制帽匠、制箱匠、雨伞制造商、裁缝、装订工、排字工、银匠、摄影师、毛皮加工商、皮货商、旧货商、沿街叫卖的小贩、当铺老板、拍卖商、珠宝商、房屋和交易所经纪人、保险公司代理人、药剂师和医生。那些早已在曼彻斯特定居的塞法迪犹太人[1]名字有贝索、拉斐尔、卡图恩、卡尔德隆、法拉切、内格乌、梅苏拉姆及迪莫罗，而德国人和其他犹太人之间只有很少差别——他们的名字有莱布兰德、沃尔格穆特、赫尔茨曼、戈特沙尔克、阿德勒、恩格斯、兰德斯胡特、弗兰克、齐恩道夫、瓦勒夫施泰因、阿龙斯贝格、哈尔布莱希尔、克赖尔斯海梅尔、丹齐格尔、利普曼和拉扎努斯。在整个十九世纪，德国人和犹太人在曼彻斯特的影响比在欧洲别的任何一个城市都大，所以尽管我动身往相反的方向去，我在到达曼彻斯特时却几乎有一种到家的感觉。从那以后，在这个工业诞生地那黑色的房屋立面之间度过的每一年，我都会更为明显地感到，正如他们过去常说，我们在烟囱下工作。费尔贝尔在用左手的一个几乎察觉不到的手势打发我上路之前，没有再说一句话，只是两眼久久地、直直地瞪着发呆。当我第二天早上再一次去画室同他告别，他当面交给我一捆用包装纸包起来、用绳子捆紧的东西，其中除了一些照片，还有大约一百页手写札记。这是他母亲于一九三九年至一九四一年间还在施特恩瓦尔特大街住所时写的。从中——费尔

1 指 1492 年从西班牙、葡萄牙逐出的犹太人。

贝尔如是说——可以得知，要获得一张签证变得越来越困难，与此相应地，父亲为了出国想出的那些计划，必然一个星期一个星期变得更为复杂，看来母亲已经意识到，这些计划已经无法实现。除了偶尔隐晦地一瞥她同父亲所处的那种走投无路的境地，母亲只字不提当时发生的事——费尔贝尔说——但她却以一种令他无法理解的全神贯注的热情，描写她在施泰纳赫的下弗兰克村度过的童年时代和在巴特基辛根度过的青年时代。费尔贝尔说，他不能不假定，母亲的回忆录并不是特别为他写的。自从这些回忆诉诸笔端之后，他只读过两次。第一次是在收到这捆札记之后粗粗浏览了一下，第二次是在多年之后，极其仔细地看了一遍。在这第二次阅读时，他感到有些地方确实是美妙绝伦的描绘，就像那些邪恶的德国童话当中的一个。在这些童话中，一旦你被咒语击中，你就得将你最初的工作——在这里是回忆、写作和阅读——继续下去，直到心碎为止。所以我现在宁肯交出这包东西。费尔贝尔说，陪我走到杏树边，然后目送我出庭院。

费尔贝尔那天早上在曼彻斯特交给我的他母亲那些解开绳子的散页还摆在我面前，我将试着以摘要的方式复述这位以娘家姓署名的女作者路易莎·兰茨贝格在其中讲述的有关她早期生活的内容。她在札记一开始便写道：不只她和兄弟莱奥在巴特基辛根附近的施泰纳赫村出生，她父亲拉扎鲁斯和祖父勒布也是，有据可查的是，至少从十七世纪末开始，这个家族就已经在从前属于维尔茨堡采邑主教的这个地方扎根了。该地的居民有三分之一都是世代居住当地的犹太人。如今在施泰纳赫再也没有犹太人了，当地居民如果真的要回忆，只有绞尽脑汁才能想起那些房子和地产已被自己占用的昔日的邻居。现在谈论这种事几乎已成多余。从巴特基辛根出发前往施泰纳赫的路，要经过格罗森布拉赫、克莱因布拉赫以及有卢克斯堡伯爵宫殿和啤酒厂的阿沙赫。然后爬上陡峭的阿沙赫山坡——路易莎写道，在那里拉扎鲁斯总要下马车，好让那些马不要拉得太重——从坡顶沿着森林的边缘往下走，直到赫恩，在那里，空旷的原野展现在眼前，勒恩山脉在远处显现。萨勒河草场开始延伸，温德海姆森林呈现出其柔美的弧线，教堂尖塔的塔尖变得清晰可见，还有古老的宫殿——施泰纳赫！现在公路越过溪流，进入那个地区，直到小客栈前的广场，然后再从那里出发，往右走进那个被路易莎称为她亲切故乡的地势较低的下村。在这里——路易莎这样写道——有利翁一家，人们在那里取灯油，以及商人迈埃尔·弗赖的房子，弗赖每年从莱比锡博览会回来都会成为一个重大事件；有面包师格斯讷（星期五晚上人们会给他带去安息日晚餐）、屠夫利布曼和面粉商萨洛蒙·施特恩的房子。在下村，有大部分时间都无人居住的贫民院和塔楼上装有木板百叶窗的消防站，还有前院铺上石块、大门上方有卢克斯堡家族徽章的古老宫殿。穿过路易莎所写的那条到处是鹅、她小时候害怕走的羽毛胡同，经过西蒙·费尔德哈恩的缝纫用品店和施彭勒·弗勒利希那座完全用绿色小金属板钉上的房子，来到被一棵巨大的栗子树遮盖的广场。广场在对面那栋后面耸立着温德海姆森林的房屋前面，像波浪在一艘船的船头前那样，分成两条道。我就在那栋房子里——我面前的回忆录中是这样说的——出生、长大，一直到我十六岁，到一九〇五年一月我们迁往基辛根。

路易莎写道：现在我又站在起居室里了。我穿过铺上石板、光线昏暗的门厅，就像当初几乎每天早上那样，小心翼翼地把手放到门把手上，往下按，打开门，然后走进去，光着脚踩在粉刷成白色的地板上，十分惊讶地环顾四周，因为在这个房间里有一些很漂亮的东西。有两把四周垂落着流苏的绿丝绒单人沙发椅，在朝向广场的那些窗户之间，有一张与单人沙发同样材质的长沙发。桌子用浅色樱桃木做成。桌上放着一个扇形相框，里面有我们那些来自美因施托克海姆和洛伊特尔豪森的亲戚的五张照片，在一个单独的相框里有一张爸爸妹妹的照片。据说，爸爸的这个妹妹是远近闻名的美少女，一个真正的日耳曼妮娅[1]。此外，桌上还有一只张开翅膀的瓷器天鹅，里面放着被白色蕾丝装饰的、我们亲爱的妈妈的四季常青新娘花束。瓷器天鹅旁边是星期五晚上要用的银烛台，爸爸每次都要专门剪一些纸镶边，好让蜡不会从蜡烛落到烛台上。在墙边的费尔提柯两门小柜上，敞放着一本相册大小、红色封面、有金色葡萄茎蔓的精装书。妈妈说，这是她最喜爱，也是伊丽莎白女王最喜爱的诗人海涅的作品。在旁边的一个小筐里保存着那些《慕尼黑最新消息报》。晚上尽管爸爸早就上床睡觉了，而且老是在妈妈面前声称，这样做不利于健康，但妈妈还是照样埋头读报，一直读到深夜。在东窗窗龛用芦苇编织成的小桌上，放着一盆球兰。它有一些坚实的深色叶片，以及由许多中间是粉红色的、毛茸茸的白色小星星组成的伞形花序。每当我清晨来到下面时，太阳已经照进室内，在挂在每颗小星星下的蜜滴中闪闪发光。我透过花朵和树叶，望着外面那个长满青草的园圃。在园圃里，那些鸡已经在走来走去。我们的马车夫弗朗茨非常沉默寡言，是一个白化病患者。当爸爸从家里出来时，

1 历史上象征德意志帝国的妇女形象。

他已经套上马。这时在对面，穿过篱笆，在接骨木灌木丛下有一个小屋子的地方，卡廷卡·施特劳斯多半也露面了。卡廷卡是一位四十岁左右的未婚女人，据说脑子有点不正常。只要天气好，她白天就会一边编结一件看来是永远也织不完的针织品，一边绕着广场上那棵栗子树，随自己的情绪，要么顺时针，要么逆时针地走来走去。尽管她几乎一无所有，但在这时，她往往要戴上那些极其古怪的帽子，有一次甚至戴上一顶用一只海鸥翅膀装饰的帽子。这顶帽子我记得特别清楚，因为拜恩老师就这顶帽子的事在学校里给我们讲过，人们不能只是为了用动物的羽毛来做装饰就杀死一只动物。

尽管妈妈犹豫了好久都不愿让我们离开家，莱奥和我四五岁时还是被送进了基督教儿童保育院。我们先要去做晨祷，一切都很简单。那个修女已经站在庭院里。我们走到她面前说：阿德林德夫人，请给我一个球。然后我们就在庭院的另一边走下阶梯，到儿童游乐场上去。游乐场在一条很宽的壕沟的底部。这条壕沟环绕着那座古老的宫殿，现在全是五颜六色的花床和菜畦。雷吉娜·楚弗拉斯住在游乐场正上方，住在这座大部分都空着的古老宫殿长长的一排房间里。人人皆知，她是一位非常能干的夫人，总是闲不住，甚至连星期天都忙得要命。她不是在忙着饲养自己的家禽，就是被人看见在红花菜豆地里，要不就是在修补篱笆，或者在彻底清扫一个就她和她的丈夫而言显得太大的房间。有一次，我们甚至看见雷吉娜·楚弗拉斯站在屋顶上校准风向标，我们都屏息望着她，以为她随时会摔下来，残肢断腿躺在露台上。她的丈夫，就是那个约费勒，在城镇周围当马车夫。雷吉娜对他不大满意，而就他而言，据说他害怕回家见她。经常不得不派人去找他。然后，找到他时，多数情况下是喝得酩酊大醉地躺在翻倒的干草车旁。那些对这一切早已习以为常的马匹，乖乖地站在这辆翻倒的马车旁。干草最后又被装上车,约费勒被雷吉娜弄回家。翌日，她住所的绿色百叶窗一直关着，我们这些孩子在下面的游乐场上吃光我们的黄油面包，然后我们就在想，那里面会发生什么。顺便提一下，每个星期四早上，妈妈往往要在用羊皮纸做的包装纸上画一条鱼，好让我们不要忘记，在我们从保育院回家的路上，去渔夫那里拿半打鲃鱼回家。下午，莱奥和我手牵手沿着萨勒河边走，路边是一片长着柳树、桤木和灯芯草的茂密灌木林，我们路过锯木厂和一座小桥，在小桥上驻足，俯视河底卵石周围的金色小圆圈，然后继续向前，走到渔夫那座完全被灌木丛环绕的小房子。首先我们得在陈设简单的房间里等候渔妇把渔夫带来。桌子上总放着那个有钴蓝色环形把手的大腹白色咖啡壶，我有时觉得它几乎把这个房间塞得满满的。渔夫在门口出现，他马上就同我们穿过那个坡度有点大的园圃，从那些闪闪发光的大丽花主杆旁边走过，再往下走到萨勒河边。在那里的水中浮着一个巨大的木箱，他从木箱中抓出一条一条的鲃鱼。我们在晚餐吃这些鱼时，由于有鱼刺我们都不允许讲话，得像鱼一样哑口。在吃鱼时，我从未感到特别舒服过，那些迷惘的鱼眼常常继续看着我，即便在我的梦乡。

夏天，我们在安息日经常长距离散步，一直走到巴特博克莱特。在那里，我们可漫步穿过敞开的柱廊大厅，惊奇地注视那些连在喝咖啡时都衣冠楚楚的人。如果散步时天气太热，我们就同利布曼一家以及费尔德哈恩一家一起，在傍晚时分坐在罗伊斯餐馆保龄球道前的栗树荫下。那里为男人备有啤酒，为孩子备有柠檬水；女人从来就不知道她们要喝什么，几乎可以说，她们在切哈拉面包[1]和干肉时，只不过是尝两口饮料罢了。晚饭后，有几个男人玩一种被视为很大胆、很先进的东西——台球。费迪南德·莱奥甚至还会抽一支雪茄！接下来他们一起去犹太会堂。女人们则把东西打好包，在暮色降临时同孩子们动身回家。有一次在回家路上，莱奥对他那件紧绷的、用棉布做的淡蓝白色水手服感到不舒服，主

1　一种犹太教徒在安息日时食用的面包，现在大部分哈拉面包为绳结状的白面包。

要是因为那个厚厚的领带结和吊到肩上、带有交叉扣的围嘴式衣领，这些扣是母亲昨天一直忙到深夜才编织成的。当我们坐在已然漆黑的门前阶上，观看天上的雷雨云怎样重叠在一起时，他才逐渐忘记自己的不开心。在父亲回来后，那支由很多彩色蜡绳编织而成的蜡烛被点亮，一直点到安息日结束。我们闻一闻调味品小盒，然后爬上床睡觉。很快，白得晃眼的闪电不停从天而降，轰隆隆的雷声响起，把房子震得直摇晃。我们站在窗边。外面有时比白天还要亮。一束一束的干草在公路排水沟的漩涡上漂浮。然后雷雨消停下来，可是过了一会儿又再一次来临。爸爸说，雷雨不会降临到温德海姆森林。

星期天下午，爸爸做他的营业账目。他从一个皮套里取出一把小钥匙，打开那张总是静静地泛着光泽、台板可以折叠的胡桃木书桌，把中间部分翻出来，把小钥匙放回皮套里，端端正正坐好，然后拿起往来账簿。他有好几个小时都在将账目录入这本往来账簿以及好几本更小的账簿，往他裁剪成各种尺寸的纸条上做记录。他轻轻地动着嘴唇，合计长长的栏数，列出账单。这时根据账单的结果，他时而喜形于色，时而愁容满面。在书桌数量众多的抽屉中，保存着许许多多特别的东西——证书、文凭、信件、妈妈的首饰和一条缝合起来的宽带子，带子上放着用很窄的丝带十字交叉套着的大大小小的银币，仿佛它们是勋章和奖章。这些使我羡慕又惊奇的霍勒格拉施硬币，是莱奥每年从他那来自洛伊特尔斯豪森的教父泽尔马尔那里得到的。妈妈和爸爸一起坐在那个房间，看《慕尼黑最新消息报》上所有那些她在这个星期无法看到的东西。她喜欢看《来自我们浴场》的报道以及《人间万象》专栏，要是在看报时遇到特别罕见或者值得注意的事件，她就把它读给爸爸听，而爸爸当然也就不能不停止计算。譬如说，也许因为我那时心里总是没法不去想那个化为灰烬的小保拉[1]，我听到妈妈以其独特的戏剧方式（她年轻时真的梦想当一位女演员）告诉爸爸，现在人们把女式服装或者据说是用来做女装的衣料，浸到一种氯化锌溶液中，这样就可以花很少的钱做成耐火的女装。我还听见妈妈对爸爸说，像这样浸泡之后，我们甚至可以把最精细的衣料放到蜡烛旁，让它烧成灰烬，却不会起火。在那些漫长的星期天，要是不在父母亲那个房间，我往往就待在楼上那个绿色房间里。夏季天气热时，窗户都开着，不过百叶窗却是关着的，光线犹如雅各梦见的供天使上下的天梯，斜着照进

1 来自海因里希·霍夫曼的《蓬头彼得》（1845）。该书包括十个有插图和押韵的故事，以夸张的方式展示行为不端的灾难后果。小保拉是第三个故事中的人物，因玩火柴导致被烧死。

环绕我四周的昏暗。室内和四周都十分安静，下午从基辛根来疗养的客人乘坐轻便马车穿过村庄来到这里。人们从远处就已经听见嘚嘚的马蹄声。我稍微打开一扇百叶窗，俯视下面的公路。在经过施泰纳赫，驶往诺伊施塔特、诺伊豪斯和萨尔茨堡的轿式马车里，那些来自基辛根的夏日游客相向而坐，有自视高贵的女士们、先生们，以及并不罕见的一些名副其实的俄国名流。女士们头戴有羽饰的帽子，罩着面纱，拿着用蕾丝或者彩色丝绸做的阳伞，打扮得十分漂亮。乡村男孩们直接在轻便马车前连续不断地做侧手翻，以此得到马车里的尊贵客人扔下来的铜币。

秋天到了，学校的秋假即将来临。最先来的是犹太新年。上午打扫所有房间，新年前夜，妈妈和爸爸身穿节日盛装去犹太会堂：爸爸身穿双排扣长礼服，头戴大礼帽，妈妈穿深蓝色丝绒女裙，戴全是白丁香花的小帽。莱奥和我这时在家里把浆硬的亚麻布桌布铺到桌上，摆好葡萄酒酒杯，在父母亲的盘子下面放我们用工整漂亮的字体写的新年贺信。一个半星期之后是赎罪日。父亲穿着他那身寿衣，像一个幽灵在房内四周走来走去。这里笼罩着浓厚的忏悔的气氛。当星星升起时，才又会有东西可吃。然后我们彼此之间相互祝愿胃口好。而四天之后又是住棚节[1]。弗朗茨在接骨木树丛下为苏克棚搭起板条支架。我们用五彩缤纷的光纸花环和一长串的野蔷薇果来装饰这间棚屋。从屋顶上吊下来一些玫瑰红的苹果、黄色的梨子和金绿色的葡萄。这些水果是埃莉泽婶婶每年用木刨花垫底的一个小箱子从美因施托克海姆寄来的。现在，在两个主要节日和四个次要节日期间，除了天气十分糟糕和十分寒冷这些情况外，都在这间棚屋里用餐。然后，我们就待在厨房里，只有爸爸坐在用树枝和树叶搭成的棚屋里独自用餐——这是冬天就要慢慢到来的一个征兆。凑巧的是，摄政王在勒恩山脉用枪打死的一只野猪运到了施泰纳赫。人们于是在这里的铁匠铺前一个熊熊燃烧的柴堆上将野猪身上的猪毛燎净。这个季节我们会在家里研究莱比锡的迈－埃德利希公司的商品目录——一个内容丰富的大纲，其中按照等级和品种归类整理，一页又一页地给人们展示商品的整个奇妙世界。外面，那些色彩在逐渐消逝。取出冬季服装。这些衣服散发出萘的气味。将近十一月底时，青年俱乐部在罗伊斯餐馆举办假面舞会。来自诺伊施塔特的明策尔

1 犹太教三个朝圣节期之一，开始于赎罪日后第五天，即提市黎月 15 日，是双重感恩的节期。这个节期的特殊活动是用树枝搭棚并采集四种植物以为土产丰盛感谢上帝。节期的第七天要用四种植物扎成七重篱笆，围绕会堂，称为大和散那。

夫人利用这个机会给妈妈缝制了一件红莓色的丝质连衣裙。裙子很长，裙尾是风度高雅的蛇纹饰边。孩子们被允许从朝向隔壁房间的门边观看舞会开幕式。大厅里充满着欢乐的窃窃私语。小型乐队为了调动大家的情绪，低声演奏轻歌剧曲调，一直演奏到林业管理员海因布赫走上讲台，发表一段具有爱国精神的简短演讲，作为正式开幕。大家高举酒杯，乐队高奏一曲；这些戴着面具的人都神情严肃地互相盯着，乐队高奏第二曲；罗伊斯餐馆的老板把一个有郁金香花形铁皮喇叭筒的小盒子搬进大厅——这是新留声机，不用动手，就会从这台留声机流淌出合适的音乐来。我们惊讶得目瞪口呆。女士们和先生们排成波洛奈兹舞曲[1]队形。身穿燕尾服，打着黑色领带，别着胸针，足登漆皮鞋的鞋匠西尔贝尔贝格叫人根本无法认出，他手持一根指挥棒走在前面指挥。一对对的人儿跟在后面走来，尽可能做着各种旋转动作走过大厅。在所有人中，身穿繁星密布的深色连衣裙扮演夜晚女王的阿莉内·费尔德哈恩是最最漂亮的。她挽着身穿轻骑兵军服的西格弗里德·弗赖的胳臂行走。阿莉内和西格弗里德后来结了婚，有两个孩子。可是西格弗里德——有人背后说他喜欢轻松的生活——后来忽然消

1 一种单三拍子的波兰民族舞曲。舞者排成行踏步行走，而不是跳舞。

失了，没有人，不管是阿莉内还是老勒布·弗赖，没有任何人打听到有关他的哪怕一丁点儿消息。然而，卡廷卡·施特劳斯断言，西格弗里德已经流亡到阿根廷或者巴拿马。

我们在几年前就已经上学了。这是一所专门为当地犹太孩子兴办的、只有一个班级的学校，但又不是人们心目中的犹太人学校。由于我们老师萨洛蒙·拜恩的优秀，孩子们的父母一有机会就称赞他。他非常严厉，认为自己首先是国家的忠实公仆。他同他夫人以及他的单身姊妹雷吉内住在学校里。早上，我们走过庭院时，他已经站在门口，大声叫着“快！快！”且一边鼓着掌，督促迟到者加快脚步。在教室里，在“主啊，是你引领白昼来临”这一祝愿之后，我们在拜恩先生监督下，先是做完我十分憎恨的削石笔和擦羽毛笔这些准备工作，然后才被分配着轮流去做各种作业。要这些人练习书法，要那些人不是去做算术题，就是去写作文，要不就得往讲授本土历史的课本上画一幅画。有一个组有直观教学课。一幅卷轴从柜子后面取出来，挂在黑板上方。整幅画全是皑皑白雪，在正中间是一只煤黑色的乌鸦。刚开始上那些课时，主要是在冬天，要是外面天色不是十分明亮，我做事往往都是磨磨蹭蹭的。我透过蓝色的窗玻璃往外瞧，看到庭院另一边，面粉商施特恩那个又聋又哑的女儿坐在她那个小房间的小工作台旁。她在用金属丝、绉纱纸和薄纸做假花，做了一打又一打，日复一日、年复一年地做。上博物学课时，我们详细讨论那些真正的开花植物，讨论紫堇、头巾百合、田旋花和草地碎米荠。此外，我们还讨论来自动物界的红蚁和鲸鱼。有一次，正好乡村公路用石块重新铺设，老师于是在黑板上用彩色粉笔把福格尔斯贝格山画成正在喷岩浆的火山，给我们说明玄武岩石块就是从这里来的。他还在自己的自然博物馆标本室里收藏了一些彩色石头——云母片岩、蔷薇石英、水晶、紫水晶、黄玉和电气石。我们画了一根长长的线条来说明这些彩色石头经历了哪一纪才生成。我们的一生，在这条线上，甚至连最微不足道的一个点都算不上。尽管如此，这些课时却扩展到像太平洋那样辽阔，简直是在无穷无尽地持续下去，直到摩西·利翁——几乎每天都被罚去背木柴——又从柴房背着满满一筐木柴上来。但是紧接着，几乎是在人们意识到之前，光明节已近在眼前，这天是拜恩老师的生日。教室的墙壁在前夕已经暗地里用冷杉树枝和黄色及蓝色小旗装饰好。我们把生日礼物放到讲台上。我记得，一次是一条红天鹅绒毯子，一次是一个铜制热水瓶。生日那天早晨，我们都穿上最好的衣服，提前在教室里集合。然后，老师走进教室，随后是他的夫人，后面跟着那位有点矮小的雷吉内小姐。我们大家都起立齐声欢呼：老师，早上好！

师母，早上好！雷吉内小姐，早上好！这位早就对这些准备工作了如指掌的老师对给他的礼物和这些装饰表现出十分惊讶的样子。在他多次举手至额头，摇着头，仿佛不知道该讲些什么之后，他心情激动地从一排排学生当中穿行，过分热情地对我们当中的每一个人表示感谢。这天不授课，而是朗读故事和德国过去的传说。我们还进行猜谜语比赛，譬如说必须猜，有哪三种东西既在大量给予，又在大量索取。当然，没有人知道谜底，正如后来拜恩老师意味深长地说出的，谜底是：地球、海洋和帝国。回家也许是这一天最美好的事，在那之前我们被允许从用蜡滴固定在门槛上的光明节蜡烛上跳过。冬天很长。爸爸晚上在家里同我们一道做体操练习。那些鹅从它们的棚屋里消失了。紧接着，它们当中有一部分随着烹调的油脂一起被人吞进肚里。有几个妇女从村里出来，剥羽茎上的羽绒。她们坐在小房间里，每个人面前都有一堆羽毛，几乎要剥一整夜。一切看起来好像被积雪覆盖。可是早上，当我们又走上去时，房间干干净净，没有羽毛，好像什么事都没发生过。春天到来时，就得为庆祝逾越节[1]做扫除。最繁重的是在学校。师母和雷吉

1　犹太教三大节日之一。在犹太教历尼散月14日举行。摩西率以色列人出埃及时，上帝命令宰杀羔羊，涂血于门楣，以便天使击杀埃及长子时，见有血记之家即越门而过，称为“逾越”，犹太人遂立此节以志纪念。

内小姐至少要忙活一个礼拜。要把那些床褥搬到庭院里，寝具吊在阳台上，要重新给地板打蜡，所有的厨房餐具都要煮沸消毒。我们这些孩子必须做大扫除，用皂液清洗百叶窗。就连我们家里，也要腾空屋子和箱子。折腾得翻天覆地。在逾越节前夕，妈妈在忙了几天之后才第一次稍微坐下休息一会儿。爸爸的任务则是在这时拿着一根鹅毛在家里走来走去，查看是否在某处藏有一点面包碎屑。

又是秋天了，莱奥现在在离施泰纳赫两个钟头路程的明纳施塔特上文理中学。他住在帽匠林德武尔姆家里。每个星期由一位邮递员给他送两次饭食——用一个支架把半打小盆叠放在一起。林德武尔姆的女儿每次只需把这些饭食热一下。从现在起我必须独自一人去上学，这让我很伤心，一下病倒了。至少每两天要发一次烧，有时真是被弄得神志昏迷。霍姆布尔格尔大夫给我开了接骨木果汁和冷敷布处方。黄屋子里的沙发就是我的床。我在那里躺了差不多三个礼拜之久。我一次又一次地数着那些在盥洗台的大理石面板上堆成一个有孔金字塔的小块肥皂，但结果从未相同过。壁纸上的那些小黄龙一直在密切注视着我，即便在我的梦中。我经常处于极大的混乱中。每当醒来，我都看见箱子上和瓷砖壁炉的冷壁洞里悄悄放着的那些装着蜜饯的玻璃瓶。我白费心思地去想象这些玻璃瓶意味着什么。妈妈说，它们什么意思也没有，它们只不过是樱桃、李子和梨子罢了。她说，燕子已经在外面成群结队。夜里，在睡眠中，我听见一大群一大群候鸟从房屋上空嗡嗡飞过。当我的情况终于有所好转时，窗户都已洞开，外面是一个天气晴朗的星期五下午。我可以从我沙发的位置通过外窗台，看到整个萨勒河谷和通往赫恩的公路。我能够看见爸爸唱着爵士乐中的独唱插曲，从基辛根走这条公路回来。只过了不一会儿，他就走进我的房间，头上还戴着帽子。他带来满满一小木盒糖果，盒子上画了一只孔雀蛱蝶。晚上在隔壁房间的地板上，堆了好几公担[1]金黄色的王后苹果和红色的卡尔维尔苹果作为冬天的储备。在这些苹果的芳香气味中，我好久以来第一次这样安静地进入梦乡。第二天早上霍姆布尔格尔大夫对我听诊时，宣布我已经完全康复。不过，接下来轮到了莱奥，他在九个月之后的暑假开始时染上肺病，妈妈断言，生病的原因是莱奥在林德武尔姆家令人窒息的住处和制帽作坊散发出来的铅气味。霍姆布尔格尔大夫赞同她的说法。他开了一种牛奶和塞尔泽矿泉水合剂的药方，并让莱奥多花些时间在温德海姆森林逗留，呼吸那里的冷杉空气。现在，每

1　在德国为50公斤，在奥地利、瑞士为100公斤。

天早上都要装上一篮子黄油面包、酸奶酪和煮鸡蛋。我用一个漏斗把治疗饮料给莱奥装进绿色瓶子中。我们来自约赫斯贝格的表姐弗丽达也同我们一道走进森林，她在某种程度上起到监护人的作用。她已经十六岁了，很漂亮，结着一条很长、很粗的金黄色辫子。下午，林业管理员的儿子卡尔·海因布赫往往会十分偶然地出现，同弗丽达在树下四处溜达几个小时之久。在各个方面都崇拜自己表姐的莱奥，这时坐在那些巨大的漂砾当中的一块顶上，快快不乐地观看这出罗曼蒂克戏剧。我最感兴趣的是那些黑漆色的鹿角虫，在温德海姆森林有数不尽的鹿角虫。我用自己的双眼耐心地注视着它们在其弯弯曲曲的路上走动。有时它们好像被什么东西吓住，然后摆出一副昏迷的样子。它们一动不动地躺在那里，让人感到仿佛世界的心脏都停止跳动了。只是当你屏气时，它们才会起死回生，时光又会继续流动。时光。所有这一切是在何时发生的？那时的日子流逝得多么缓慢啊！而这个在回家路上累得要命，手里拿着一支小小的浅蓝色松鸦羽毛的陌生小孩又是谁呢？

如今（路易莎札记中的另一个地方写道），每当我回想起我们的施泰纳赫童年时，我往往会感到，好像它会向四面八方延伸，在时间上没有终结，真的，仿佛它会继续延续下去，直到进入我现在写出的这些字里行间。然而事实上——我清楚地记得——一九〇五年一月，在施泰纳赫的房屋和土地被拍卖，我们迁往基辛根，搬进比布拉大街和埃哈德大街拐角的三层楼新住宅之后，童年时代就已结束。这栋新住宅是父亲有一天从建筑工程师基塞尔手里当机立断买下，以我们大家都觉得难以置信的六万六千金马克[1]的价格，而且大部分钱来自法兰克福银行的抵押贷款。妈妈为此好久都不能安下心来。此前几年拉扎鲁斯·兰茨贝格马厩的买卖已越做越大；货物销售到莱茵兰、勃兰登堡和荷尔施泰因，从各地采购，而顾客们也都十分满意。爸爸一有机会就十分自豪地提到的同军需品供应商和军需官的接触，对于我们放弃小农庄，搬出偏僻的施泰纳赫，最终过上市民生活，无疑是决定性的因素。我那时差不多已经十六岁，我认为基辛根将为我开启一个全新的世界，比我们的童年世界还要美好。在某些方面，这一点也得到了证实，可是另一方面，回过头看，基辛根时期直到一九二一年我结婚，就像一条日复一日越变越窄的道路的开头——这条路注定要通向我今天所在的这个地点。我发现要回忆在基辛根的青年时代很费劲，就好像当时逐渐开始的生活的严

1 第一次世界大战前的德国货币。

峻，那些很快就多起来的或小或大的失望，都妨碍了我的接受能力。所以好多事我再也想不起来。就连对我们搬到基辛根，我也只剩下一些支离破碎的记忆。我记得天气寒冷刺骨，有没完没了的工作，我的手指已冻伤，因为尽管我在所有房间一直不停地捅那些爱尔兰式自动补充燃料的火炉，可好几天屋内都无法变得暖和；球兰没能在搬迁中活下来；猫都跑回了老家，尽管爸爸又去了一趟施泰纳赫，但哪儿也没找到。我对很快就被基辛根人称为兰茨贝格别墅的那座房子一直十分陌生。宽敞的、发出回声的楼梯间，门厅里的亚麻油地毯，后面的走廊，挂在衣箱上方的电话机（必须双手把电话机的听筒紧紧贴着头部），发出轻微嘶嘶声的、显得暗淡的煤气灯，带雕花圆柱的、颜色昏暗的佛兰德家具——某些特别阴森恐怖的东西从所有这一切中产生，就像我相信有几次我清楚地感觉到的，在我心中造成一种潜滋暗长、无法弥补的伤害。如果我没有记错的话，我只在那个像节日凉亭一样绘饰着叶子和卷须的客厅——从客厅天花板吊下一个崭新的，也是点煤气的黄铜安息日灯——的窗座坐过一次，那本在烟几中间木板上有其固定位置的蓝丝绒封面的风景明信片纪念册，也只翻过几页。我感觉自己就像一个路过的参观者。每当我在早上或傍晚，从复斜屋顶的阁楼窗户往外望，越过温泉疗养地苗圃的

花床，看到四周青翠葱郁的山岗，我感到自己像一个女仆。从第一个初夏开始，我们租下了这栋房子的好几个房间。我在操持全部家务的母亲身边上一所严格的家政学校。六点钟起床之后，我马上就去照料那些庭院里的白母鸡，给它们一小升谷粒，捡鸡蛋。接下来准备早餐，整理房间，择菜，做午饭。下午有一段时间，我在英国老师那里上速记课和簿记课，伊格纳提亚夫人非常器重我。此外，我还带着温泉疗养地的那些客人的孩子一起在草地上溜达，譬如木材商魏因特劳布的那个胖男孩，每年他都从西伯利亚的彼尔姆来到这里，因为据他说，俄国不允许犹太人去温泉疗养地。大约从四点钟起，我就坐在外面的木造农舍，织补衣物或钩织衣物，到了晚上还得用吊桶打井里的水浇菜园——爸爸称，自来水费用太高。只有莱奥从文理中学回到家，我才能参加晚间的音乐会。通常都是他的朋友、后来在巴黎成为古董商的阿尔曼德·维特尔斯巴赫在晚餐后把我们接走。我身穿白色衣服，走在阿尔曼德和莱奥之间，穿过公园。疗养地花园的灯光间或才会亮起来：这时那些挂上彩色灯笼的林荫大道，会消失在一条狭窄的光带之中。在摄政王的府邸前，喷泉喷出的水变化多端，分别显现出银白色和金黄色。可是在十点钟时，魔术结束，我们只好回家。阿尔曼德在我旁边双手倒立走了一段路。我还记得同阿尔曼德和莱奥的一次生日郊游。我们清早五点钟出发，首先往克劳森霍夫走去，然后再从那里经过布痕瓦尔德——我们在那儿采摘铃兰花束——又回到基辛根。我们应邀在维特尔斯巴赫家用早餐。这段时间前后，我们还在夜晚期待哈雷彗星的出现，有一次，在午后不久出现了日全食。我毛骨悚然地看着月亮的阴影慢慢使太阳失去光泽，阳台上（我们站在那里，手持用煤烟熏黑的玻璃片）攀缘蔷薇的叶片好像已枯萎，鸟儿们惊恐万状地扑腾着四处飞。我还记得次日，劳拉·曼德尔同她父亲第一次从的里雅斯特来我们这儿。曼德尔先生将近八十岁，劳拉只不过同我们一样大，他们俩给我留下了极深的印象。曼德尔先生是由于他的仪表优雅——他穿一套极其漂亮的亚麻布西服，再配上宽边草帽。而劳拉（顺便提一下，她只管自己的父亲叫乔尔乔涅），则是因为她那有斑点的前额和她那双美丽的、经常有些忧郁迷离的眼睛。曼德尔先生在白天大多数时候都坐在半阴凉处的某个地方，不管是坐在我们花园里的白杨树旁，还是坐在勒伊特波尔德公园的长椅上，或者坐在维特尔斯巴赫饭店的平台上，他都在看报，偶尔还会做笔记，很多时候干脆就独自一人沉思默想。劳拉说，他很久以来就在规划一个在其中不会发生任何事情的帝国，因为没有任何东西比各种各样的冒险、发展、大事件、变化和意外，更使他憎恨。劳拉则相反，她赞成革命。有一次我同她一起在基辛根剧院看一部维也纳轻歌剧，那是为了庆祝弗朗茨·约瑟夫皇帝诞辰举办的节日庆祝演出，是《吉卜赛男爵》还是《补锅匠》[1]，我再也记不清。一开始，乐队演奏奥地利国歌。全体起立，只有劳拉挑衅性地继续坐着，因为她作为的里雅斯特人讨厌奥地利人。她对此的说法，是我一生遇到过的第一个政治观念，而在前几年有好多次，我都不希望劳拉再和我讨论这类事情。当时连续好几年夏季那几个月，她都在我们家做客。最后一次是一个特别美好的季节，当时我们俩都满二十一周岁，我在五月十七日，她在七月七日过生日。她的生日我记得特别清楚。我们乘小汽船沿江而上，直到盐场，在凉爽的、带有咸味的风中散步，旁边淙淙的矿泉水不断地从木支架上流淌而下。我戴着一顶新的绿带黑漆草帽，这顶草帽是我在维尔茨堡的陶伯尔河畔买的，莱奥正在那里学习古代语言。当我们就这样在阳光灿烂的天气在路上漫步，一团巨大的阴影突然飘到我们头上。我们同其他所有在盐场散步的夏季客人一起，同时抬头仰望天空，那是一艘巨大的齐柏林飞船，它在蓝天中不声不响地，看来差不

1　前者是小约翰·施特劳斯作曲的三幕轻歌剧，后者是由奥匈帝国作曲家弗朗茨·莱哈尔（1870—1948）作曲的轻歌剧。

多是紧贴在树梢上方飞过。大家都很惊讶，一个站在附近的年轻人借机同我打招呼——他后来跟我透露，他是下了很大的勇气。他立即把他的名字告诉给我们，他叫弗里茨·瓦尔德霍夫，是疗养地管弦乐队号手，这个乐队主要由每年夏季休假期间都在基辛根供职的维也纳音乐会会员组成。我立刻就喜欢上了这个弗里茨，他在这个下午陪同我们一直到回家。在下个星期，我们第一次结伴郊游。又是一个碧空如洗的夏日。我同弗里茨走在前面，对弗里茨很不信任的劳拉同来自汉堡的中提琴手汉森跟在后面。当然，我如今再也记不清楚我们当时都说了些什么。但我记得路两边的地里鲜花怒放，而我很开心。说也奇怪，我还记得，我们在离镇子边界不远处——那里立着一块“通往博登劳伯”的路牌——赶上两位很有教养的俄国先生，其中一位仪表堂堂、特别高雅的先生正在声色俱厉地同一个忙着捉蝴蝶，因而远远落在后面，大家不得不停下来等他的十来岁男孩讲话。看来这种训诫并未起到多少作用，因为当我们偶尔掉头回望时，那个男孩照旧同先前一样，高高挥舞着捕蝶网在草地上跑来跑去。后来汉森断言，两位优雅高贵的先生当中的那位年长者，就是当时待在基辛根的俄国第一届杜马主席穆罗姆采夫[1]。

这个夏天之后接下来的年月，我用习以为常的方式度过——履行我的家庭义务，做供应生意中的簿记和书信往来工作，等待那个和燕子一道定期从维也纳回到基辛根的圆号手。我们在几乎三个季度之久的分离期间，彼此之间尽管有不少书信往来，每次却都感到对方有点陌生，因为弗里茨像我一样，归根到底是一个拘谨的人，所以过了好长一段时间，他才向我求婚。那是一九一三年旺季结束前不久，在一个美得令人心颤的九月艳阳天的星期六下午，我们坐在盐场草地上，我从一个小瓷碗里舀出一勺拌上酸奶的蓝莓，这时正沉浸在对我们初次共同前往博登劳伯郊游的细致回忆中的弗里茨，突然中断回忆，直截了当问我是否愿意成为他的妻子。我不知道怎么回答，只是点头，这时尽管周围的一切都变得模糊，我却十分清楚地看到那个我早已忘记的俄国男孩正蹦蹦跳跳地挥舞着捕蝶网跑过草地，像从那个夏日再次返回的幸运使者，他打开他的植物标本采集箱，放出那些最漂亮的红蛱蝶、天蚕蛾、黄翅蝶和天蛾，表示我终于获得自由。可是迅速订婚一事却遇到父亲某种程度的嗔怪，他不仅担心圆号手没有什么可指望的前途，还担心我与

1　穆罗姆采夫（1850—1910），俄国法学家、政论家，立宪民主党领导人之一。

他这种预期中的结合——正如他断言——差不多就已经令我完全退出了犹太教。如果说真的能够在次年五月，也就是在我和莱奥的二十五周岁生日，在至亲好友中间庆祝订婚的话，归根结底很可能要归功于不大留恋传统的母亲那些坚持不懈的、很有谋略的努力，而不是因为我自己的恳求。可是过了几个月之后，我迄今都无法忘怀的弗里茨，在他不得不加入一个奥地利军乐团且随军乐团被派往莱姆贝格，在为驻地的高级军官演奏《魔弹射手》[1]序曲时，突发脑卒中，面无表情地从座位上倒下来。过了几天之后，我在从维也纳发出的一封唁电中得知这一情况。这封唁电的字词有好几个星期之久，在我眼前持续不断地变来变去。我真的没法说，我是怎样继续活着的，是怎样经受弗里茨去世之后日日夜夜折磨我的那种可怕的生离死别、撕心裂肺的痛苦，以及我是否真的有从中恢复过来。不管怎样，整个战争期间我都待在基辛根的科西洛夫斯基大夫那里——在基辛根，所有的疗养大楼和疗养院都挤满了伤员和康复期的病员——担任护士。每来一个新的伤病员——他们外表或者举止的某些方面都使我想起弗里茨——我就会被对过去的不幸记忆重新淹没，或许正因为如此，我才如此周到地照

1　又译《自由射手》，德国作曲家韦伯（1788—1826）作曲的三幕歌剧。

顾那些年轻人，他们中的一些伤势非常严重，仿佛这样做，我就能把我的圆号手救回来。一九一七年五月，他们在带来一队重伤炮兵的同时，还把一位两眼包扎起来、名叫弗里德里希·弗罗曼的少尉带到我们这里来，随后，我远远超过工作时间地坐在他的床边，期待出现某种奇迹。只是在好几个月之后，他才再次睁开那双烧伤的眼睛。正如我所预感的，这是弗里茨那双灰绿色眼睛，但是黯淡无光，已经失明。按照弗里德里希的要求，我们开始一起下国际象棋。我们把我们走的或要走的每一着棋都用语言来描述，如象走 d6，车走 f4，等等。弗里德里希以一种异乎寻常的记忆力，在短时间之内就能在脑海中记住那些最复杂的棋局；可如果记忆力确实不中用，他就凭自己的触觉应付，每当他的手指用一种使我感到内心激荡的谨慎滑过棋子，我总是不能不想起那个圆号手的手指，想起它们如何滑过他那铜管乐器的阀键。这一年即将结束时，弗里德里希感染上一种无法确诊的疾病，在十四天之内死去。后来有人告诉我，这种病差一点也要了我的命。我漂亮的秀发全部掉光，失去了超过四分之一的体重，长时间处于反复的、严重的谵妄状态。在神志昏迷中，我往往只看见弗里茨和弗里德里希，同样也只看见我自己孤苦伶仃一人，与他们俩天各一方。在之后的春天，我完全出乎意料地恢复健康，我不知道自已是怎么缓过来的，因此也不知道应该感谢谁，或者感谢究竟是否是一个合适的字眼。战争结束前，我被授予路德维希十字勋章，据说，是表彰我富于牺牲精神的奉献。后来有一天，战争真的就结束了。军队都回到故乡。革命在慕尼黑爆发。志愿军士兵在班贝格聚集。艾斯纳[1]被安东·阿尔科·瓦莱刺杀。慕尼黑被夺回。实行紧急状态法。兰道尔[2]被杀，年纪轻轻的埃格尔霍费和莱文被枪毙，托勒尔被监禁在堡垒。最后一切又重归正常，商业活动总算还可以正常进行。为了最终把我的想法转到别的方面，父母决定必须为我找一个丈夫。一个名叫布里萨赫尔的维尔茨堡犹太职业婚姻介绍人，很快就把我现在的丈夫弗里茨·费尔贝尔带到了家里。弗里茨·费尔贝尔出身于慕尼黑一个牲畜贸易商家族，但他本人却正打算过上以艺术贸易为生的中产生活。尽管后来日复一日我对他越来越赏识、越来越喜欢，但我开初却只是因为他的名字就同意和他订婚。弗里茨·费尔贝尔当时就像他之前的那个圆号手，喜欢出城作长时间散步，也像圆号手一样有点羞怯，但其实天性无忧无虑。一九二一

1 库尔特·艾斯纳（1867—1919），德国政治家、新闻工作者，1918 年参与组织推翻巴伐利亚维特尔斯巴赫王朝，1919 年在慕尼黑遇刺。

2 古斯塔夫·兰道尔（1870—1919），德国作家，思想倾向无政府主义。1919 年被捕后，在监狱里被打死。

年夏刚结婚，我们便立即一道去阿尔高，弗里茨带我登上伊芬、希梅尔斯施罗芬和上利希特[1]。我们俯视那些山谷——奥斯特拉赫、伊勒尔和瓦尔泽——在那里，居民点稀稀落落，十分安静，好像从未有过任何令人不快的事情。有一次，我们从康策尔峭壁的峰顶看见下面正下着大雷雨。雷雨过后，整片绿草地在阳光下闪闪发光，而树林则像一个巨大的洗衣间那样雾气腾腾。从这一刻开始，我确切地知道我现在属于弗里茨·费尔贝尔，愿意在他身边，在新建立的慕尼黑画廊工作。我们从阿尔高返回时，搬进了施特恩瓦尔特大街的住所，我们现在还住在那里。在阳光灿烂的秋天之后是严寒的冬季。虽

1 皆属于阿尔高阿尔卑斯山脉，其中伊芬 2230 米，希梅尔斯施罗芬 1791 米，上利希特为该山脉第二高峰，2651 米。

然雪下得很少，但是英国公园却有好几个星期变成了一个奇妙的、我还从未见过的白霜世界。在特雷西亚草地上，从战争开始以来，第一次又建起了滑冰场，弗里茨穿着他的绿色短上衣，我穿着我那件镶上毛皮的短上衣，在滑冰场上一起滑出一道道极其美妙、极其大的弧线。每当回想起这种情景，我就会看见到处都是天蓝色，一个独自延伸到傍晚暮色之中的、空荡荡的平面上，布满了业已消逝的滑冰者纵横交错的痕迹。

这些在前面部分由我复述的路易莎·兰茨贝格的札记，自从费尔贝尔把它们交给我之后，就使我一直闲不下来。这些札记最后也成为我于一九九一年六月底前往基辛根和施泰纳赫的缘由。我途经阿姆斯特丹、科隆和法兰克福，中间转了几次车，在阿沙芬堡和格明登的火车站餐厅待了较长时间之后，才到达我的目的地。随着每一次转乘，列车变得更慢，更短，最后从格明登到基辛根，发生了我从未想过有可能的事，我发现自己乘坐在一趟——如果这种说法在这里是恰当的名称的话——充其量不过是由一辆机车和一个车厢组成的火车上。尽管有足够的座位，一个胖乎乎、宽额头、大约五十来岁的男人却一屁股坐在我对面。他有一张冻得起红斑的脸和一双眼距过近、有点向内扭歪的眼睛。他独自喘着粗气，在他那半张开的嘴里一个劲儿地翻滚着他那奇形怪状、上面还留有食物残渣的舌头。他双腿叉开地坐在那儿，肚子和下腹以一种吓人的方式挤进一条夏季短裤。我没法说我这位旅伴的肉体变形和精神变态，是因为长时间的精神病隔离、某种先天性的轻度痴呆，还是说，仅仅是喝啤酒和吃零食的结果。使我感到如释重负的是，这个家伙在格明登之后第一个站马上就下车了，这样一来车厢里就我一人，除了一位坐在过道另一边吃苹果的老太太。要想把它吃完，用我们到达基辛根所需的全部时间才刚好足够。列车沿着河床的之字形弯道，穿过长满青草的山谷。山岗和树林慢慢从身边过去，暮色笼罩大地，老太太继续用她那把总拿在手里打开着的小折刀，把苹果切成一片一片，然后把这些切成片的苹果咬碎，把皮吐进她膝上的一张纸巾里。在基辛根，火车站前空无一人的街道上只停着一辆出租车。对于我的问题，出租车女司机回答道，疗养者在这个时候全都已经休息了。她带我住进的那家旅店刚好全部装修过，而且是按照德国时兴的新帝国风格。这种风格谨慎地使用淡绿色和金箔来掩盖过去那些难看的东西，门厅就像火车站广场一样空空荡荡。带着某种女舍监味道的接待小姐用她的眼睛打量我，好像在担心我会侵害住宅安宁。我进入电梯，站在一对幽灵似的老年夫妻对面。这对老夫妻以一种毫不掩饰的敌意——如果并非惊恐——目不转睛地盯着我。老妇那双犹如利爪的手里捧着一个小盆，盆里放着几片香肠。我自然就推定这对夫妻的房间里有条狗。可是第二天早上我看到他们带上来两杯覆盆子果汁酸奶和包在餐巾纸里的一些早餐自助食品，我明白了，他们并不是在养那条假想的狗，而是在为他们自己准备食品。

我在疗养地走上一圈，开始了我在基辛格的第一天。鸭子还在草地上睡大觉，白杨树的白絮在空中飞舞，零星几个浴场疗养者犹如虚幻的漫游者，在沙路上走来走去。这些用难以置信的缓慢来完成他们早上的保健散步的人，都已届领取养老金的年龄。我开始担心自己注定会在这些看来主要是为他们的消化操心的老年人圈子里度过我的余生。随后，我坐在一家咖啡店里，就连这儿也挤满了老年人。我仔细阅读基辛根的《萨勒河报》，上面所谓的日历一栏的每日名言引自歌德：我们的世界是一口有裂纹的钟，它再也不会发出响声。这天是六月二十五日。据报上说：这天的月相为新月，是克恩滕州女诗人英格博格·巴赫曼[1]以及英国作家乔治·奥威尔的诞辰，后者于一九五〇年辞世。此外，故去的寿星当中还提到了飞机设计师维利·梅塞施米特、火箭先驱赫尔曼·奥伯特[2]和民主德国作家汉斯·马尔希维察[3]。在《亡灵牌》栏目下则写道：退休屠宰师傅米夏埃尔·舒尔泰斯·冯·施泰纳赫（八十周岁）去世。他深受大家喜爱，是"蓝雾"吸烟俱乐部和预备役军人协会的坚定成员，把自己大部分的业余时间都花在他那条忠实的牧羊犬"亲王"身上——我一边思考着在这类报道中显露出来的古怪的历史意识，一边向市政厅走去。在被人指点几次，以及领略了弥漫于小城市政厅的会议室走廊的安静之后，我终于在一个特别偏僻的办公室内，遇到一个胆小怕事的公职人员，他在有点惊愕地听完我的话之后，给我说明犹太会堂和犹太人公墓在什么地方。那座

1 英格博格·巴赫曼（1926—1973），奥地利女诗人，主要作品有诗集《延迟的时期》《大熊星的召唤》和长篇小说《马利纳》等。

2 赫尔曼·奥伯特（1894—1989），德国科学家，现代航空学奠基人之一。

3 汉斯·马尔希维察（1890—1965），德国小说家。主要作品有长篇小说三部曲《库密阿克一家》等。

取代旧会堂的所谓新犹太会堂——一座在世纪之交建造的一半是古德意志式、一半是拜占庭式的庞大建筑物，在水晶之夜遭到破坏，紧接着在几个星期之后就被拆除。如今，取而代之的是在马克斯大街，在市政厅大院后门入口正对面的职业介绍所。至于犹太人公墓，那位

公职人员在一个安在墙上的钥匙箱几番寻找之后，两把整整齐齐、标有牌子的钥匙交给我，然后指给我一条有些怪异的路线：要到以色列人公墓去的话，从市政厅出

发，向南直走一千步，一直走到贝格曼大街尽头。当我来到大门前，结果表明，两把钥匙没有一把开得了锁，所以我就翻墙进去。呈现在我面前的景象几乎无法让我把它与“公墓”这个词联系在一起；更确切地说，我看到了一个多年来被人遗弃在那里的、逐渐倒塌和沉落的坟场，看到长得很高的青草、草地上的野花、在风中轻轻摇动的树影。除了偶尔在墓碑顶上出现的一块石头，表明有人来拜谒过亡灵——说不清是多久之前。那些雕

凿在石头上的碑文无法全部辨认，但那些名字还是清楚可读的：汉布格尔、基辛格、韦特海默、弗里德伦德尔、阿恩斯贝格、弗兰克、奥尔巴赫、格伦瓦尔德、洛伊特霍尔德、泽利希曼、赫茨、格尔德斯陶布、鲍布拉特和布卢门塔尔。这使我想到这样一个念头：比起别的东西，德国人也许更妒忌这些犹太人有同他们生活在其中的国家以及它的语言如此紧密联系在一起的漂亮名字。在迈尔·施特恩墓前，一种识别恐慌突然从我身体中穿过：

这个坟墓的主人是在五月十八日我生日那天去世的。而一九一二年三月二十八日去世的弗雷德里克·哈尔布莱布女士墓碑上羽毛笔的象征，则以一种我必须说我从未能完全理解的方式，触动着我。我推想她是一位作家，

独自一人屏息伏案工作，而如今，在我写下这些文字时，我觉得仿佛我失去了她，仿佛尽管自她去世已过去多年，我还是无法从这一失去中恢复。我在犹太人公墓一直待到中午时分，在一行行墓穴之间走来走去，观看死者的名字，直到最后我才在离锁上的大门不远处发现一座比较新的墓碑，墓碑上刻着莉莉·兰茨贝格和拉扎

鲁斯·兰茨贝格的名字，还有弗里茨·费尔贝尔和路易莎·费尔贝尔的名字，我认为是费尔贝尔的舅舅莱奥让人立的这座墓碑。关于拉扎鲁斯·兰茨贝格，碑文写着：他于一九四二年在特雷西亚施塔特去世。关于弗里茨和路易莎，写的是：他们于一九四一年十一月被驱逐出境，下落不明。只有自杀身亡的莉莉安葬在里面。我在她的墓前站立良久。我不知道这有什么意义，但在离开之前，还是按照习俗，把一块石头放到这座墓碑上。

虽然在基辛根和昔日特点丝毫不再保留的施泰纳赫的好几天，我因为我的调查和我那像往常一样进展费力的案头工作忙得够呛，我却越来越明显地感到德国人的精神贫乏和记忆丧失，而他们清除一切的效率，开始损害我的头脑和神经。所以我决定将我的启程日期提前。我的考察虽然在基辛根犹太人的一般历史上收获良多，但在兰茨贝格家族特殊的家族史上却所得甚微，因此作出这样的决定要容易得多。但最后我还是想简单报告一下，我乘停泊在疗养地公园边的摩托艇沿江而上驶往盐场的情况。那是在我启程当天下午一点钟，那些疗养地客人要么在共同享用病人食谱膳食，要么在某些阴暗的小酒店，在无人监督的情况下沉溺于暴饮暴食。我登上停泊在岸边的摩托艇，摩托艇的女驾驶直到这时都在徒劳地等待一位乘客。这位大大方方允许我给她拍一张照

Motorbootfahrt Bad Kissingen - Saline G.m.b.H.

Rückfahrkarte

1934

Fahrzeiten siehe Fahrpläne. Fahrpreis siehe Tarif.

Fahrkarte aufbewahren u. auf Verlangen vorzeigen.

片的女士来自土耳其，已经在基辛根内河航运部门服务多年。撇开她大大咧咧戴在头上的那顶船长帽不说，她穿着一件蓝白色的针织外衣，从远处看至少可以使人想

到水手制服，这可以说是她向自己得到的这份轮渡职位的又一次让步。此外，事实很快就表明，这位女摆渡工不仅善于技艺高超地操纵这艘船在这条小河上行驶，还能够说出一些关于人生的颇为令人深思的真知灼见。当我们沿着萨勒河往上流行驶，她便用她那尽管带有一点土耳其语口音，却又十分熟练的德语，给我讲述她的批判哲学中的一些十分令人难忘的例子。所有这些例子在她那多次重复的命题中达到顶峰，即没有任何事情像愚蠢那样永无止境，那样危险。她说，德国人同土耳其人一样愚蠢，甚至也许更蠢。显然，使她感到高兴的是，她用比柴油机隆隆的运转声更大的声音，伴随着富于想象力的手势和表情所作的讲述，在我这里得到理解，因为——她说——她罕有机会同一位乘客交谈，而且是一次心心相印的交谈。船行了约二十分钟。结束时，我们相互握手告别，据我看是带有某种程度的相互尊重。那幢我迄今为止只在一张老照片里看过的盐场大楼，还需往上游走一段距离，在旁边不远处的草场上。这是一座一眼就让人感到压迫的木结构，有二百米长，肯定有二十米高。尽管如此，正如展示在一个玻璃箱里的说明书上所说，这只不过是从前还要宽广得多的设施的一部分。盐场现在已不被允许进入，在通向入口处的楼梯上装有禁令牌，鉴于建筑管理局因为去年刮飓风不得不进行的审查工作而设置。不过既然哪儿都没有人出来阻止我进入里面，我便登上游廊。游廊差不多五米高，环绕全部盐场设施。从那里，可以很近地看到从上到下层层叠叠

堆得和屋顶一般高的黑刺李干树枝束。从铸铁泵站抽上来的矿泉水，从干树枝束上往下流，以便最后收集在盐场的水槽里。我怀着既对这套设施的规模，也对通过不

断流走的水发生在树枝上的持续矿物转化感到十分惊异的心情，长时间在游廊上走来走去，呼吸着在充满无数细小水滴的习习微风中吹进来的带有盐味的空气。最后我在游廊侧面阳台式楼梯平台的一把长椅上坐下，整个下午都沉浸于这种景象和这出水之戏剧发出的声响，沉思着这一漫长的而且我相信是说不清道不明的过程——它使得盐水在进一步蒸发浓缩时出现极不寻常的石化形态和结晶形态——几乎是对自然界分解的模仿。

一九九〇年与一九九一年之交的冬天，我在归我自由支配的少量时间，也就是说，大都是在所谓的周末和夜晚，整理前面提到过的马克斯·费尔贝尔讲述的那段历史。这是一项十分吃力的，往往好几个小时、连续好几天都毫无进展的工作，不少时候甚至在倒退。我持续地受到一种越来越紧地抓住我、使我不断陷入麻痹状态的顾虑折磨。这种顾虑既与我认为自己不管尝试何种方法都不能恰如其分地处理叙述对象有关，也与我从根本上对写作的怀疑有关。我用我的铅笔和圆珠笔写满了几百页潦草的字迹。还有更多的部分已被划掉、扔掉，或者被补充的字句重重叠叠涂抹得无法辨认。即使是我最后为“最终”定稿拯救出来的那些东西，我也感到是一些失败的拼凑物。所以我犹豫不决，是否将我这个关于他生平的缩写本寄给费尔贝尔。当我还在犹豫时，从曼彻斯特传来消息，费尔贝尔患肺气肿被送进威辛顿医院。威辛顿医院在维多利亚时期一度是个济贫院，人们在那里迫使那些无家可归的人和失业者屈从一项严格的、完全自食其力的规则。费尔贝尔躺在一个摆着远远超过二十张床的男病房里。在这个病房里，抱怨声、咕哝声不绝于耳，很可能还有人已经死去。显然他几乎不可能找到体内诸如声音之类的东西，所以他对我的话只能在长时间的间隔中用一种隐隐约约的说话声来回应，这种声音听起来就像风中枯叶的簌簌声。但是可以足够清楚地看出，他对自己的处境感到羞耻，决意尽快通过这种或那种方式摆脱。我在这个脸色苍白、一再被疲惫压倒的病人身边坐了大约三刻钟，然后告辞，沿着漫长的路步行往回走。我穿过城市的南部地区，穿过永无止境的街道——伯顿路、紫杉路、克莱蒙特路、上劳埃德大街、劳埃德北大街，穿过休姆那些荒无人烟的住宅区。这些

住宅区是七十年代初新建的，可如今又一次任其倒塌。在剑桥高街，我从一些仓库旁路过。在这些仓库被打破的窗洞里，通风机还在转动。我必须从城市高速公路下面穿过，越过一些跨渠桥和瓦砾场，一直走到最后昼光

已然衰退，使人想起一座奇幻堡垒的米德兰饭店房屋立面在我面前出现。前些年，费尔贝尔自从其收入允许时起，就在这家饭店租了一套房，我今晚也在那里订了一个房间。米德兰饭店建于上世纪行将结束时，用的是红

棕色砖和上巧克力色釉的瓷砖，既不受煤炱，也不会受硫化雨损害。这栋建筑地下三层，地上七层，总共有不少于六百个房间，一度以其豪华的卫生设施享誉全国。那些莲蓬式喷嘴的水量是这样大，致使人们站在它下面犹如站在季风雨下。那些总是擦得亮晶晶的黄铜和紫铜水管如此奢华，能够在不到一分钟的时间内将那些三米长、一米宽的浴盆灌满水。此外，米德兰饭店还以它的棕榈庭院——可以从各种原始资料中查到——以及它那供热极其过分的环境著称。这种环境使客人和饭店员工同样从毛孔中渗透出汗水，总体上给人的印象是：人们在这个总是被湿冷的雾团笼罩的北部城市的中心，就像在一个热带的、专门为纺纱厂主和织布厂主保留的、就连天空中的云朵都是由棉花制成的极乐岛上。如今，米德兰饭店已处于破产边缘。在玻璃屋顶的门厅，在接待室，在楼梯间，在电梯里和走廊上，人们很难遇见另一位房客或者一个梦游般转来转去的清洁女工或招待员。传说中的蒸汽供暖装置至多只能断断续续工作。从水龙头里滴下的是有白色水碱的水。窗玻璃蒙上一层深深的、被雨水洗刷出大理石花纹的尘土。这栋大楼的各个部门都已关闭。米德兰饭店的关张、出售，变成一家假日饭店，大概只不过是时间问题。

当我进入我那个位于六楼的房间，我一下子有一种在一个波兰城市投宿的感觉。真奇怪，那种旧式的室内布置使我想起已经磨损的紫红色丝绒套子，想起一个首饰盒或者一个小提琴盒的内部。我穿着我的大衣，来到四周装上玻璃的窗龛，坐到一把长毛绒沙发椅上，观看外面的暮色降临和被风驱赶着的这场随暮色一起到来的阵雨。这场倾盆大雨飘落进两边高楼耸立的街谷之中。在街谷的谷底，黑色的出租车和双层大巴一辆紧接一辆，一辆紧靠一辆，就像一群大象慢慢走过闪闪发亮的沥青路。一阵持续不断的隆隆声从那底下闯进我的靠窗座位，不过其中也有一阵阵时间较长的、完全安静下来的间歇。在这样一种间歇中，我感到自己听到——尽管这根本不可能——在旁边的自由贸易厅[1]里，常驻交响乐队调试乐器时司空见惯的椅子刮擦声和不断清喉咙的声音；我还听到在远处，很远很远的远处，那个六十年代经常在利斯顿音乐厅登台演出，并用德语演唱《帕西法尔》[2]中那些长经过句的歌剧演员在演唱。利斯顿音乐厅在市中心，离皮卡迪利花园不远，在一家所谓的葡萄酒小屋上面。在这家小屋里，那些妓女有她们的休息场所，澳大利亚

1　建于 1853—1856 年，1951 年作为音乐厅开业，1996 年之前为曼彻斯特主要的音乐会场地。

2　德国作曲家瓦格纳自撰剧本、1877—1882 年作曲的三幕宗教节日剧，1882 年在拜罗伊特首演。

雪莉酒从大圆桶里倒出。每次谁感到自己可以胜任，谁就可以穿过杂七杂八、大多喝得酩酊大醉的听众，登上这个“音乐厅”的舞台，在飘动的烟雾之中，在沃利策电子风琴旁一位身穿玫瑰红薄纱衣服的女士伴奏下，演唱他挑选的任何一首音乐作品。通常情况下，这时演唱的都是民谣和风靡一时的感伤流行曲。当我走下火车，看到家乡面貌依旧，一九六六年至一九六七年冬季最受喜爱的歌手这样开始唱道，在那儿迎接我的是爸爸、妈妈。当时，那个以西格弗里德的名字著称、很可能还没有五英尺高、在歌剧中扮演主角的男高音歌手每星期至少有两次，会在快要结束时，在一片混乱的人潮涌动和声浪起伏中登台演出。他近五十岁，穿一件快到地上的人字大衣，戴一顶向后倾斜的费多拉帽[1]，嘴里唱着“唉，这至为痛苦的一天”或者“今天我感到河谷草地是多么美”，要不就唱别的任何一首令人印象深刻的咏叹调，然后毫不犹豫地按照舞台提示，配合着乐曲，戏剧性地表演类似帕西法尔快要晕倒的情景。现在，我坐在米德兰饭店六楼深谷上的一个玻璃阳台里，又听到他的歌唱，这是从那以来的第一次。他的歌声来自那么遥远的远处，就好像他在一个延伸到无底深渊中的舞台天幕后面四处

1 一种帽顶中部有凹陷的帽子，多为毡帽。

乱走。可在这些其实根本就不存在的天幕上面，却一张接一张地出现我去年在法兰克福参观过的一次展览会的那些图片。这是些来自利兹曼施塔特犹太人隔离区的蓝绿色或者泛红棕色的彩色照片。该隔离区于一九四〇年在波兰工业中心、曾经号称波兰曼彻斯特的罗兹建立。一九八七年，这些照片经过仔细整理，加上解说词，被放在维也纳一个古董商店的一个小木箱中展示。它们是由一个名叫格内魏因的簿记员和财务专家，为了留作个人纪念而拍摄的。格内魏因来自萨尔茨堡地区，人们可以在一张照片上看见他本人就坐在他那张书桌后面数钱。此外，还可以看见利兹曼施塔特市长，一位名叫汉斯·比博的先生，此人刚梳洗过，头发分开梳向两边，坐在他那摆着一些小盆花和花束、咖啡糕点和冷盘，以及用文

竹藤蔓装饰的生日宴席旁，其他那些德国男士则同他们毫无例外地处于情绪高昂中的女友和夫人一样，在无拘无束地聚会。也有反映犹太人隔离区的照片——鹅卵石街道、电车轨道、房屋立面、板壁、拆迁现场、防火墙，在阴沉沉的、水绿色的或者浅蓝色的天空下——奇特的荒芜的照片，几乎见不到一个人，尽管在利兹曼施塔特，有时在不到五平方公里的面积上居住着十七万人。然后，摄影师记录了犹太人隔离区内部具有代表性的组织机构：邮局、警察局、法庭、消防队、粪便运输队、理发店、医疗救护站、尸体装殓站和墓地。但在他看来，比起所有其他东西，更为重要的还是展现“我们的工业”——展现那些出于国防经济方面的原因绝对必要的犹太人隔离区企业。在大多按照手工操纵模式建立起来的生产场地，女人们坐着编织秸秆，童工学徒站在制作金属的工作台边干活，男人们在制钉厂或者旧货仓库里制作弹药。到处都是这样一些面孔、无数这样的面孔：只有在拍摄的一瞬间，目光才允许离开工作，抬起来往上看。他们说，工作是我们唯一的方向。——在一台垂直织机机架后，坐着三个二十岁左右的年轻妇女。她们编织的地毯上有不规则的几何图案，这种图案的颜色使我想起我们家里起居室的沙发。这些年轻女人是谁，我不知道。由于从背后窗户透进来的逆光，我没法清楚地看到她们的眼睛，但我感到，她们三人都在看着我，因为我就站在簿记员格内魏因拿着他的照相机所站的位置。坐在三个年轻女人中间那位有一头浅金色秀发的，无论怎么看，都像一位新娘。她左边那位织毯女工把头稍微偏向一侧，而坐在右边的那位则目不转睛、片刻不停地盯着我，致使我再也无法忍受。我在想，这三个与纺锤、线和剪刀为伴的黑夜的女儿会叫什么名字，是罗莎、路易莎和莱亚呢，还是诺娜、德库玛和莫尔塔。

译后记

刁承俊

享誉欧洲文坛的德国作家温弗里德·格奥尔格·塞巴尔德虽然离开我们快二十年了，但他留下的那些颇有价值的文学作品却不会因为时光的流逝而远离我们。继译者将他的《奥斯特利茨》译介到国内之后，不止有一家出版社表示有出版其作品的意向。现在广西师范大学出版社除了重版《奥斯特利茨》之外，终于成功推出塞巴尔德的系列代表作。

《移民》一书包括各自独立的四篇超长短篇小说。这些作品虽然讲述的是不同的故事，但有一个共同点，讲的都是背井离乡的犹太移民在原居住地和异国他乡的悲惨遭遇。

第一篇小说《亨利·塞尔温大夫》以作者夫妇在英国诺里奇郊区寻找住所，在荒芜的园林遇到“观赏隐士”——亨利·塞尔温大夫为开端，通过塞尔温大夫的自述，将移民生活的艰辛展现在读者面前。一八九九年，七岁的塞尔温全家离开立陶宛乡村，踏上流落异国他乡的旅途。他通过刻苦努力，进入剑桥大学攻读医学，计划在瑞士伯尔尼继续深造时与当地工厂主女儿海迪认识结婚。二三十年代开业行医，后又在医院任外科医生的塞尔温由于不善理财，老来一贫如洗，而妻子海迪则因善于经营自己的财产成为富婆。他于一九六〇年放弃诊所，同现实世界断绝联系，动植物成为他唯一可以谈心的对象，最后开枪自杀。同妻子的不和是因为金钱，还是最后被揭穿的犹太人身世这一秘密，这不仅是他本人弄不明白的一个问题，也是留给读者的一个令人深思的问题。

第二篇小说《保罗·贝雷耶特》以主人公保罗·贝雷耶特，一位七十四岁的小学教师，于一九八三年十二月三十日晚卧轨自杀开始。S城的这个教育全才所上的课程包括当时给公立学校规定的所有教学内容，只是不上宗教课，因为十分厌恶天主教虚伪而唠叨的说教，被神职人员认为是“无可救药之人”。他用全部课时的四分之一来传授教学计划中没有规定的内容，能将虚无缥缈的东西讲得有声有色。除了课堂教学，他还十分重视直观教学，经常带领学生出外郊游、参观、采集标本。在学生眼中，他是一个堪称表率的“老大哥”。然而就是这样一位优秀的小学教师，在德国法西斯上台后几度失去教师职位。

关于保罗的身世，通过其好友露西·兰道夫人的讲述，我们知道保罗是一个有四分之三雅利安血统的犹太人。祖父是故乡贡岑豪森一家大商场老板，一九三四年复活节前那个星期日针对当地犹太家庭的打砸抢，使他愤怒和恐惧，两年后便撒手人寰。祖父死后，商场被廉价转让。从此祖母郁郁寡欢，几个星期后也随之去世。而保罗的母亲——纽伦堡市立剧院演员因为同一个有一半犹太血统的人结婚，被咖啡店老板“请出了”咖啡店。“被放逐者”的境遇如影随形，深深地郁积在他的内心深处。至于保罗自尽的原因，正如副标题提示的那样，“有些谜团无法解”，但并非完全无法推测。

第三篇小说《安布罗斯·阿德尔瓦尔特》以移居美国的德国人每年夏季回国，在故乡W与家族亲人团聚为背景，作品中的“我”七岁时第一次，也是绝无仅有的一次见到书中的主人公——舅公安布罗斯·阿德尔瓦尔特。“我”看到移居美国的亲戚照片，决定于一九八一年元月二日去美国，打听魏玛时期移居美国的亲戚情况。

安布罗斯是家中八个孩子中唯一的男孩，也是最小的孩子。他五岁时就同比他大不了多少的姐姐一道采集野果，加工后去集市上出售，十三岁去饭店当炊事员，十四岁离开德国在有名的伊甸园大饭店当见习侍者。他会讲英语、法语和日语，还善于辞令。移居纽约期间，在纽约最富有的犹太银行家所罗门家中，他先是充当挥金如土的公子科斯莫的侍从和旅伴，之后任大管家兼司膳总管。就是这样一个聪明能干的犹太人，晚年患上柯萨科夫氏综合征——通过幻想式杜撰来补偿记忆力的丧失。患上严重老年抑郁症的安布罗斯内心极度痛苦，六十七岁时不得不住进疗养院，自愿“接受”与刑讯逼供和殉教不相上下的休克疗法，直至一九八四年去世。

《马克斯·费尔贝尔》是四篇小说中篇幅最长的一篇。作者于一九六六年秋移居英国曼彻斯特，出于一个偶然的机会，造访当地的“艺术工作室”，结识同是天涯沦落人的画家马克斯·费尔贝尔。通过费尔贝尔的讲述和对他母亲路易莎·兰茨贝格一九三九年至一九四一年间札记内容的转述，作者给我们描绘出一幅幅极其真实的历史画面，使我们看到当初法西斯在德国的猖獗，攫取政权后对犹太人的残酷迫害。

塞巴尔德的作品涉及内容十分广泛，有些部分甚至十分专业，为便于读者理解原著精髓，译文在忠实传达原著描述的同时，加上必要的注释。此外，在遣词造句方面，原著也有其特点。作者在描述时喜欢使用长句，有时一句话可长达半页。译文在符合汉语表达习惯的前提下，尽可能忠实呈现原作语言的行文风格。

《移民》一书无论内容还是语言难度都相当大。译者在翻译过程中虽然竭尽全力，但错讹和不足之处仍然在所难免，企盼广大读者和方家指正。

二〇一九年十二月二十二日

于重庆歌乐山麓